唐诗·宋词·元曲

第一册

史晓东 编译

图书在版编目（CIP）数据

唐诗宋词元曲／史晓东编译．—北京：北京工艺美术出版社，2019.1
（线装国学经典）
ISBN 978-7-5140-1607-9

Ⅰ．①唐… Ⅱ．①史… Ⅲ．①唐诗-诗集 ②宋词-选集 ③元曲-选集 Ⅳ．①I222

中国版本图书馆CIP数据核字（2018）第212396号

出 版 人：陈高潮
责任编辑：王炳护
装帧设计：书心瞬意
责任印制：宋朝晖

唐诗宋词元曲

史晓东 编译

出　　版　北京工艺美术出版社
发　　行　北京美联京工图书有限公司
地　　址　北京市朝阳区化工路甲18号
　　　　　中国北京出版创意产业基地先导区
邮　　编　100124
电　　话　（010）84255105（总编室）
　　　　　（010）64283630（编辑室）
　　　　　（010）64280045（发　行）
传　　真　（010）64280045/84255105
网　　址　www.gmcbs.cn
经　　销　全国新华书店
印　　刷　三河市文通印刷包装有限公司
开　　本　889毫米×1194毫米　1/16
印　　张　40
版　　次　2019年1月第1版
印　　次　2019年1月第1次印刷
印　　数　1～3000
书　　号　ISBN 978-7-5140-1607-9
定　　价　380.00（全四册）

前言

唐代是我国古典诗歌发展的全盛时期，唐诗是唐代文学的最高标志，开创了中国诗歌发展的新纪元。唐诗的题材非常广泛，有的是从侧面反映当时社会的阶级状况和阶级矛盾，揭露封建社会的黑暗；有的是描写战争，抒发爱国思想；有的是描绘祖国河山的秀丽多娇，表达对生活的热爱。巍巍大唐气象融入诗歌的字里行间，幻化出人世间最绮丽的诗篇，或博大恢宏、雄壮高亢，或敦厚旖旎、清丽流畅。

词，是中国古代诗歌的一种，始于梁代，形成于唐代而极盛于宋代，故名『宋词』。历代词人精心雕琢，创作出大量晶莹、灿烂、温润、磊落的词作，以至于成为中国古代文学皇冠上光辉夺目的巨钻。宋词与唐诗并称『双绝』，其美其盛，千古流传，脍炙人口，睿智如妙笔丹青，深沉如风生海上，壮阔似天马行空，豪放足以使懦夫立志，婉约足以使石人动情。

元曲是中国古代诗歌最后的辉煌，被称为元代最佳之文学，语言自然明快，反映生活图景鲜明生动，长于刻画人物，表达情感，有着深厚的民间基础和市井气息。元曲具有很强的开放性和表现力、很大的自由度和很高的艺术性，完全可以与唐诗、宋词媲美。曲中漫及人生感怀，世事悟道，塞北西风虽烈，也不乏江南小巷的绕指柔情，随口吟来，莫不令人销魂。

中华文化源远流长，是全民族每个成员的共同财富。不了解中国古典文学，将无以传承中华民族的优秀文化遗产。唐诗、宋词、元曲更是古典文学的精髓，它们使一代代中国人陶醉其中。本书在参考清代蘅塘退士编选的《唐诗三百首》、清代朱祖谋编选的《宋词三百首》和其他多种优秀选本的基础上，兼顾诗词曲发展脉络及读者的审美需求，将唐诗、宋词、元曲辑录成一函四册，全面反映了唐诗、宋词、元曲的发展概貌。

为了帮助读者更好地理解原作，本书还增设了注释、赏析等辅助性栏目，对难解字句进行注音和解释，为读者扫除阅读障碍，深入体味作品的内涵。

原文加注的编排形式与新颖独特的版式设计有机结合，让读者在轻松阅读的同时，获得丰富的想象空间和高雅的艺术享受。一卷在手，含英咀华，读者可跨越时空的距离，进入辉煌的古典文学殿堂，领略唐诗、宋词、元曲的无穷艺术魅力，进而启迪心智、陶冶情操，提升个人的文学素养和人生品位。徜徉经典，收获无限。

目录

第一册

唐诗

五言古诗

张九龄
感遇（其一） 二
感遇（其七） 三
李白
下终南山过斛斯山人宿置酒 三
月下独酌 五
春思 六
杜甫
赠卫八处士 七
望岳 八
佳人 一〇
梦李白（其一） 一一
梦李白（其二） 一二
王维
送綦毋潜落第还乡 一三
送别 一四
青溪 一六
渭川田家 一七
西施咏 一八
孟浩然
秋登兰山寄张五 一九
夏日南亭怀辛大 二一
宿业师山房待丁大不至 二二
王昌龄
同从弟南斋玩月忆山阴崔少府 二三
丘为
寻西山隐者不遇 二四
常建
宿王昌龄隐居 二六

綦毋潜
春泛若耶溪　二七
岑参
与高适、薛据同登慈恩寺浮图　二九
元结
贼退示官吏 并序　三〇
韦应物
郡斋雨中与诸文士燕集　三一
柳宗元
晨诣超师院读禅经　三二
溪居　三三

五言乐府

王昌龄
塞上曲　三六
塞下曲　三六
李白
关山月　三八
长干行　三八
孟郊
玉阶怨　四〇
列女操　四一
游子吟　四二
崔颢
长干行（其一）　四二
长干行（其二）　四三
卢纶
和张仆射塞下曲（其一）　四四
和张仆射塞下曲（其二）　四四
和张仆射塞下曲（其三）　四四
和张仆射塞下曲（其四）　四五
李益
江南曲　四七

七言古诗

陈子昂

登幽州台歌　四九
李颀
古意　五〇
送陈章甫　五一
琴歌　五一
听董大弹胡笳弄兼寄语房给事　五三
听安万善吹觱篥歌　五四
孟浩然
夜归鹿门山歌　五五
李白
金陵酒肆留别　五七
庐山谣寄卢侍御虚舟　五七
梦游天姥吟留别　五九
岑参
走马川行奉送封大夫出师西征　六一
白雪歌送武判官归京　六二
杜甫
丹青引赠曹将军霸　六三
古柏行　六五
元结
石鱼湖上醉歌并序　六六
韩愈
山石　六七
八月十五夜赠张功曹　六八
柳宗元
渔翁　六九
白居易
长恨歌　六九
琵琶行　并序　七二
高适
燕歌行　并序　七五

七言乐府

李颀
古从军行　七七

王维
洛阳女儿行 七八
老将行 七九
李白
行路难 八一
将进酒 八二
杜甫
兵车行 八三

五言律诗

唐玄宗
经邹鲁祭孔子而叹之 八五
张九龄
望月怀远 八六
王勃
送杜少府之任蜀州 八七
骆宾王
在狱咏蝉 八九
沈佺期
杂诗 九〇
宋之问
题大庾岭北驿 九一
王湾
次北固山下 九二
常建
破山寺后禅院 九四
岑参
寄左省杜拾遗 九四
李白
赠孟浩然 九六
渡荆门送别 九七
杜甫
春望 九九
天末怀李白 一〇〇
登岳阳楼 一〇一

王维
山居秋暝 一〇一
归嵩山作 一〇二
终南山 一〇四
酬张少府 一〇五
过香积寺 一〇七
孟浩然
临洞庭上张丞相 一〇八
与诸子登岘山 一〇九
宴梅道士山房 一一一
岁暮归南山 一一二
过故人庄 一一二
秦中寄远上人 一一四
刘长卿
秋日登吴公台上寺远眺 一一六
送李中丞归汉阳别业 一一七
钱起
送僧归日本 一一七
韦应物
淮上喜会梁川故人 一一八
刘昚虚
阙　题 一二〇
戴叔伦
江乡故人偶集客舍 一二一
卢纶
送李端 一二一
李益
喜见外弟又言别 一二二
司空曙
云阳馆与韩绅宿别 一二三
刘禹锡
蜀先主庙 一二四
张籍
没蕃故人 一二四

白居易
草 一二五

第二册

许浑
早秋 一二七
李商隐
蝉 一二八
风雨 一二九
落花 一三〇
温庭筠
送人东游 一三一
马戴
灞上秋居 一三二
楚江怀古 一三四
张乔
书边事 一三五
崔涂
除夜书怀 一三六
杜荀鹤
春宫怨 一三七
韦庄
章台夜思 一三八
僧皎然
寻陆鸿渐不遇 一三九

七言律诗

崔颢
黄鹤楼 一四二
行经华阴 一四四
祖咏
望蓟门 一四七
崔曙
九日登望仙台呈刘明府 一四八
李颀

送魏万之京 一五〇
李白
登金陵凤凰台 一五〇
高适
送李少府贬峡中王少府贬长沙 一五二
岑参
秦和中书舍人贾至《早朝大明宫》 一五三
王维
奉和圣制从蓬莱向兴庆阁道中留春雨中春望之作应制 一五四
积雨辋川庄作 一五五
赠郭给事 一五六
杜甫
蜀相 一五七
客至 一五八
野望 一六〇
闻官军收河南河北 一六一
登高 一六二
登楼 一六四
咏怀古迹五首（其一） 一六五
咏怀古迹五首（其二） 一六六
咏怀古迹五首（其三） 一六七
刘长卿
长沙过贾谊宅 一六八
钱起
赠阙下裴舍人 一七〇
韦应物
寄李儋元锡 一七一
韩翃
同题仙游观 一七二
皇甫冉
春思 一七三
卢纶
晚次鄂州 一七五

柳宗元
登柳州城楼寄漳汀封连四州刺史 一七六
刘禹锡
西塞山怀古 一七八
元稹
遣悲怀（其一） 一七九
遣悲怀（其二） 一八〇
遣悲怀（其三） 一八〇
李商隐
锦瑟 一八一
隋宫 一八三
无题 一八四
无题（其一） 一八五
无题（其二） 一八六
无题（其三） 一八七
春雨 一八七
温庭筠
利州南渡 一八八
苏武庙 一九〇
薛逢
宫词 一九一
秦韬玉
贫女 一九二
七律乐府
沈佺期
独不见 一九四
五言绝句
王维
鹿砦 一九六
竹里馆 一九七
相思 一九八
裴迪
送崔九 一九九
祖咏

终南望余雪 二〇〇
孟浩然
宿建德江 二〇〇
春晓 二〇一
李白
静夜思 二〇二
怨情 二〇三
杜甫
八阵图 二〇四
王之涣
登鹳雀楼 二〇五
刘长卿
弹琴 二〇六
韦应物
秋夜寄丘员外 二〇八
李端
听筝 二〇九
王建
新嫁娘词 二一〇
元稹
行宫 二一一
柳宗元
江雪 二一一
权德舆
玉台体 二一三
白居易
问刘十九 二一四
张祜
何满子 二一五
李商隐
登乐游原 二一七
贾岛
寻隐者不遇 二一八
宋之问

渡汉江 二一九
金昌绪
春怨 二二〇
西鄙人
哥舒歌 二二二

七言绝句

贺知章
回乡偶书 二二三
张旭
桃花溪 二二四
王维
九月九日忆山东兄弟 二二五
王昌龄
芙蓉楼送辛渐 二二六
闺怨 二二七
春宫曲 二二八
李白
下江陵 二二九
送孟浩然之广陵 二三〇
杜甫
江南逢李龟年 二三一
岑参
逢入京使 二三三
韦应物
滁州西涧 二三四
王翰
凉州词 二三五
张继
枫桥夜泊 二三六
韩翃
寒食 二三七
刘方平
月夜 二三九
春怨 二四〇

柳中庸
征人怨 二四〇
顾况
宫词 二四二
李益
夜上受降城闻笛 二四三
刘禹锡
乌衣巷 二四四
和乐天春词 二四五
白居易
宫词 二四六
张祜
赠内人 二四七
题金陵渡 二四八
朱庆馀
近试上张水部 二五〇
宫中词 二五一
杜牧
赤壁 二五二
泊秦淮 二五四
寄扬州韩绰判官 二五五
遣怀 二五六
秋夕 二五七
李商隐
夜雨寄北 二五九
隋宫 二六〇
贾生 二六一
瑶池 二六二
温庭筠
瑶瑟怨 二六三
韩偓
已凉 二六四
郑畋
马嵬坡 二六五

韦庄
金陵图 二六七
陈陶
陇西行 二六七
张泌
寄人 二六八
无名氏
杂诗 二七〇

七绝乐府

王维
秋夜曲 二七一
渭城曲 二七二
王之涣
凉州词 二七三
李白
清平调（其一） 二七三
清平调（其二） 二七四
清平调（其三） 二七四
王昌龄
长信怨 二七六
出塞 二七七
杜秋娘
金缕衣 二七八

宋词

唐五代词

李白
菩萨蛮（平林漠漠烟如织） 二八二
忆秦娥（箫声咽） 二八二
秋风清（秋风清） 二八三
张志和
渔歌子（西塞山前白鹭飞） 二八四

第三册

戴叔伦
调笑令（边草） 二八五
王建
调笑令（团扇） 二八五
刘禹锡
竹枝词（山桃红花满上头） 二八五
潇湘神（斑竹枝） 二八六
白居易
忆江南（江南好） 二八六
长相思（汴水流） 二八七
花非花（花非花） 二八七
浪淘沙（借问江潮与海水） 二八八
皇甫松
采莲子（菡萏香连十顷陂） 二八八
梦江南（兰烬落） 二八九
温庭筠
望江南（梳洗罢） 二八九
菩萨蛮（小山重叠金明灭） 二九〇
更漏子（柳丝长） 二九〇
韦庄
菩萨蛮（人人尽说江南好） 二九一
女冠子（四月十七） 二九二
女冠子（昨夜夜半） 二九二
思帝乡（春日游） 二九三
薛昭蕴
浣溪沙（红蓼渡头秋正雨） 二九四
牛峤
忆江南（衔泥燕） 二九四
牛希济
生查子（新月曲如眉） 二九五
李珣
巫山一段云（古庙依青嶂） 二九六
南乡子（乘彩舫） 二九六

顾敻
诉衷情（永夜抛人何处去） 二九七
孙光宪
浣溪沙（蓼岸风多橘柚香） 二九八
冯延巳
谒金门（风乍起） 二九八
鹊踏枝（谁道闲情抛掷久） 二九九
清平乐（雨晴烟晚） 三〇〇
长命女（春日宴） 三〇〇
李璟
浣溪沙（手卷珠帘上玉钩） 三〇一
李煜
乌夜啼（昨夜风兼雨） 三〇二
虞美人（春花秋月何时了） 三〇二
相见欢（无言独上西楼） 三〇三
长相思（一重山） 三〇四
浪淘沙（帘外雨潺潺） 三〇四
清平乐（别来春半） 三〇五
捣练子令（深院静） 三〇六
破阵子（四十年来家国） 三〇六
徐昌图
临江仙（饮散离亭西去） 三〇七
敦煌曲子词
菩萨蛮（枕前发尽千般愿） 三〇八
鹊踏枝（叵耐灵鹊多谩语） 三〇八
浣溪沙（五两竿头风欲平） 三〇九
望江南（天上月） 三一〇
北宋词
王禹偁
点绛唇（雨恨云愁） 三一一
潘阆
酒泉子（长忆观潮） 三一一
林逋
长相思（吴山青） 三一二

寇准
踏莎行·春暮　三一三
范仲淹
苏幕遮·怀旧　三一三
渔家傲·秋思　三一五
柳永
凤栖梧（伫倚危楼风细细）　三一六
定风波（自春来）　三一六
雨霖铃（寒蝉凄切）　三一七
迷仙引（才过笄年）　三二〇
八声甘州（对潇潇暮雨洒江天）　三二〇
安公子（远岸收残雨）　三二二
鹤冲天（黄金榜上）　三二三
张先
天仙子（水调数声持酒听）　三二四
青门引·春思　三二六
醉垂鞭（双蝶绣罗裙）　三二八
晏殊
浣溪沙（一曲新词酒一杯）　三二八
清平乐（红笺小字）　三二九
山亭柳·赠歌者　三三一
蝶恋花（槛菊愁烟兰泣露）　三三二
破阵子·春景　三三三
张昇
离亭燕（一带江山如画）　三三四
宋祁
木兰花·春景　三三五
叶清臣
贺圣朝·留别　三三六
欧阳修
诉衷情·眉意　三三七
踏莎行（候馆梅残）　三三八
生查子·元夕　三三九
蝶恋花（庭院深深深几许）　三四〇

渔家傲（花底忽闻敲两桨） 三四一
浪淘沙（把酒祝东风） 三四二
韩缜
凤箫吟（锁离愁） 三四三
王安石
桂枝香·金陵怀古 三四五
渔家傲（平岸小桥千嶂抱） 三四六
浪淘沙（伊吕两衰翁） 三四七
王安国
清平乐·春晚 三四七
王观
卜算子·送鲍浩然之浙东 三四八
晏几道
蝶恋花（醉别西楼醒不记） 三四九
清平乐（留人不住） 三五〇
鹧鸪天（小令尊前见玉箫） 三五二
阮郎归（旧香残粉似当初） 三五三
张舜民
卖花声·题岳阳楼 三五四
苏轼
水龙吟·次韵章质夫杨花词 三五四
定风波·南海归，赠王定国侍儿寓娘 三五六
水调歌头（明月几时有） 三五六
念奴娇·赤壁怀古 三五八
西江月（世事一场大梦） 三五九
临江仙·夜归临皋 三六〇
定风波（莫听穿林打叶声） 三六一
卜算子·黄州定惠院寓居作 三六二
江城子·密州出猎 三六三
江城子·乙卯正月二十日夜记梦 三六四
蝶恋花·春景 三六六
永遇乐·彭城夜宿燕子楼 三六六
浣溪沙·游蕲水清泉寺 三六七
李之仪

卜算子（我住长江头） 三六八
黄裳
减字木兰花·竞渡 三六九
王雱
眼儿媚（杨柳丝丝弄轻柔） 三七〇
黄庭坚
念奴娇（断虹霁雨） 三七〇
水调歌头·游览 三七一
清平乐（春归何处） 三七二
鹧鸪天·座中有眉山隐客史应之和前韵即席答之 三七三
李元膺
洞仙歌（雪云散尽） 三七四
朱服
渔家傲（小雨纤纤风细细） 三七五
时彦
青门饮·寄宠人 三七六
秦观
望海潮·洛阳怀古 三七六
八六子（倚危亭） 三七七
满庭芳（山抹微云） 三七八
江城子（西城杨柳弄春柔） 三七九
鹊桥仙（纤云弄巧） 三八〇
千秋岁（水边沙外） 三八一
踏莎行·郴州旅舍 三八二
浣溪沙（漠漠轻寒上小楼） 三八二
行香子（树绕村庄） 三八三
贺铸
半死桐·思越人 三八四
杵声齐·古捣练子 三八五
芳心苦（杨柳回塘） 三八五
青玉案（凌波不过横塘路） 三八六
六州歌头（少年侠气） 三八七
石州引（薄雨初寒） 三八八
思越人（紫府东风放夜时） 三八九

仲殊
南柯子·忆旧 三九〇
诉衷情·宝月山作 三九一
晁补之
摸鱼儿·东皋寓居 三九一
盐角儿·亳社观梅 三九二
张耒
秋蕊香（帘幕疏疏风透） 三九三
侯蒙
临江仙（未遇行藏谁肯信） 三九四
周邦彦
瑞龙吟·大石春景 三九四
满庭芳·夏日溧水无想山作 三九五
苏幕遮（燎沉香） 三九六
少年游（并刀如水） 三九七
夜游宫（叶下斜阳照水） 三九八
解语花·上元 三九九
兰陵王·柳 四〇〇
西河·金陵怀古 四〇一
虞美人（疏篱曲径田家小） 四〇二
玉楼春（桃溪不作从容住） 四〇三
谢逸
江城子（杏花村馆酒旗风） 四〇四
毛滂
惜分飞·富阳僧舍代作别语 四〇四
叶梦得
点绛唇·绍兴乙卯登绝顶小亭 四〇五
汪藻
点绛唇（新月娟娟） 四〇六
曹组
蓦山溪·梅 四〇六
万俟咏
三台·清明应制 四〇八
朱敦儒

好事近·渔父词 四〇八
相见欢（金陵城上西楼） 四〇九
鹧鸪天·西都作 四一〇
蒋兴祖女
减字木兰花·题雄州驿 四一〇
王炎
南柯子（山冥云阴重） 四一一
赵佶
燕山亭·北行见杏花 四一一
李清照
南歌子（天上星河转） 四一二
一剪梅（红藕香残玉簟秋） 四一三
渔家傲（天接云涛连晓雾） 四一四
如梦令（常记溪亭日暮） 四一四
如梦令（昨夜雨疏风骤） 四一五
凤凰台上忆吹箫（香冷金猊） 四一六
清平乐（年年雪里） 四一七
蝶恋花（暖雨晴风初破冻） 四一七
鹧鸪天（寒日萧萧上琐窗） 四一八
醉花阴（薄雾浓云愁永昼） 四一九
武陵春（风住尘香花已尽） 四二〇
点绛唇（蹴罢秋千） 四二〇
永遇乐（落日镕金） 四二一
声声慢（寻寻觅觅） 四二三

南宋词

范成大
蝶恋花（春涨一篙添水面） 四二四
吕本中
采桑子（恨君不似江楼月） 四二四
向子諲
忆秦娥（芳菲歇） 四二五
房舜卿
忆秦娥（与君别） 四二六
蔡伸

苍梧谣（天） 四二六
李重元
忆王孙·春词 四二七
陈与义
临江仙·夜登小阁忆洛中旧游 四二七
张元幹
贺新郎·寄李伯纪丞相 四二八
杨无咎
柳梢青（茅舍疏篱） 四二九
曹勋
饮马歌（边头春未到） 四三〇
岳飞
满江红（怒发冲冠） 四三一
小重山（昨夜寒蛩不住鸣） 四三二
周紫芝
鹧鸪天（一点残红欲尽时） 四三二
韩元吉
霜天晓角·蛾眉亭 四三三
朱淑真
眼儿媚（迟迟春日弄轻柔） 四三四
张抡
踏莎行·山居 四三四
袁去华
瑞鹤仙（郊原初遇雨） 四三五
陆游
钗头凤（红酥手） 四三六
秋波媚·七月十六日晚登高兴亭望长安南山 四三七
卜算子·咏梅 四三八
夜游宫·记梦寄师伯浑 四三八
诉衷情（当年万里觅封侯） 四三九
唐琬
钗头凤（世情薄） 四四〇
程垓
卜算子（独自上层楼） 四四一

杨万里
昭君怨·赋松上鸥 四四一

第四册

严蕊
卜算子（不是爱风尘） 四四三
张孝祥
六州歌头（长淮望断） 四四三
水调歌头·闻采石矶战胜 四四五
念奴娇·过洞庭 四四六
西江月（问讯湖边春色） 四四七
赵长卿
临江仙·暮春 四四八
辛弃疾
摸鱼儿（更能消） 四四九
水龙吟·登建康赏心亭 四五〇
菩萨蛮·书江西造口壁 四五一
青玉案·元夕 四五二
清平乐·村居 四五三
水龙吟·过南剑双溪楼 四五三
西江月·夜行黄沙道中 四五四
贺新郎·别茂嘉十二弟 四五五
丑奴儿·书博山道中壁 四五六
太常引·建康中秋为吕叔潜赋 四五六
破阵子·为陈同甫赋壮语以寄 四五七
西江月·遣兴 四五八
永遇乐·京口北固亭怀古 四五八
南乡子·登京口北固亭有怀 四五九
石孝友
卜算子 四六〇
陈亮
水调歌头·送章德茂大卿使虏 四六〇
刘过
唐多令（芦叶满汀洲） 四六一

姜夔
点绛唇·丁未冬，过吴松作 四六二
踏莎行（燕燕轻盈） 四六三
鹧鸪天·自沔东来丁未元日至金陵江上感梦而作 四六四
念奴娇（闹红一舸） 四六五
齐天乐·蟋蟀 四六六
扬州慢（淮左名都） 四六七
长亭怨慢（渐吹尽） 四六九
暗香（旧时月色） 四七〇
疏影（苔枝缀玉） 四七一
俞国宝
风入松（一春长费买花钱） 四七二
戴复古
柳梢青·岳阳楼 四七三
卢炳
减字木兰花（莎衫筠笠） 四七三
史达祖
双双燕·咏燕 四七四
卢祖皋
江城子（画楼帘幕卷新晴） 四七五
韩畛
浪淘沙（莫上玉楼看） 四七六
黄机
霜天晓角·仪真江上夜泊 四七六
严仁
玉楼春·春思 四七七
刘克庄
贺新郎·送陈真州子华 四七八
一剪梅·戏林推 四七九
卜算子（片片蝶衣轻） 四八〇
蒋捷
一剪梅·舟过吴江 四八一
吴潜
满江红·送李御带珙 四八一

宋自逊
蓦山溪·自述 四八二
李好古
谒金门（花过雨） 四八三
黄公绍
青玉案（年年社日停针线） 四八三
黄孝迈
湘春夜月（近清明） 四八四
陈东甫
长相思（花深深） 四八五
方岳
水调歌头·平山堂用东坡韵 四八五
吴文英
浣溪沙（门隔花深梦旧游） 四八六
黄昇
清平乐·宫怨 四八七
文及翁
贺新郎·西湖 四八八
刘辰翁
兰陵王·丙子送春 四八九
王清惠
满江红·题南京夷山驿 四九一
张炎
八声甘州（记玉关） 四九二
张炎
清平乐（候蛩凄断） 四九三

元曲

元好问
〔黄钟〕人月圆·卜居外家东园 四九六
〔中吕〕喜春来·春宴 四九六
〔双调〕骤雨打新荷 四九七
杨果
〔越调〕小桃红 四九八

〔仙吕〕赏花时·〔套数〕（节选） 四九九
刘秉忠
〔南吕〕干荷叶 五〇〇
杜仁杰
〔般涉调〕耍孩儿·庄家不识勾阑〔套数〕 五〇〇
王和卿
〔仙吕〕一半儿·题情 五〇二
〔双调〕拨不断·大鱼 五〇三
盍西村
〔越调〕小桃红·江岸水灯 五〇四
胡祗遹
〔仙吕〕一半儿 五〇四
〔中吕〕阳春曲·春景 五〇五
〔双调〕沉醉东风·赠妓朱帘秀 五〇六
刘因
〔黄钟〕人月圆 五〇六
徐琰
〔双调〕蟾宫曲·晓起 五〇七
王恽
〔正宫〕双鸳鸯·柳圈辞 五〇八
〔越调〕平湖乐·尧庙秋社 五〇九
卢挚
〔双调〕寿阳曲·别朱帘秀 五一〇
〔双调〕沉醉东风·秋景 五一〇
〔双调〕蟾宫曲·邺下怀古 五一一
赵岩
〔中吕〕喜春来过普天乐 五一二
陈草庵
〔中吕〕山坡羊 五一三
关汉卿
〔南吕〕四块玉·别情 五一三
〔南吕〕四块玉·闲适 五一四
〔商调〕梧叶儿·别情 五一四
〔双调〕沉醉东风 五一五

〔双调〕碧玉箫 五一六
〔南吕〕一枝花·不伏老［套数］（节选） 五一六
白朴
〔仙吕〕醉中天·佳人脸上黑痣 五一七
〔中吕〕阳春曲·题情 五一八
〔中吕〕阳春曲·知几 五一九
〔双调〕庆东原 五二〇
〔双调〕庆东原 五二〇
〔越调〕天净沙·春 五二一
〔越调〕天净沙·秋 五二二
姚燧
〔正宫〕黑漆弩 五二二
〔中吕〕醉高歌·感怀 五二三
〔越调〕凭阑人·寄征衣 五二六
刘敏中
〔正宫〕黑漆弩·村居遣兴 五二四
马致远
〔南吕〕金字经 五二五
〔南吕〕金字经·樵隐 五二六
〔南吕〕四块玉·紫芝路 五二六
〔双调〕寿阳曲·远浦帆归 五二七
〔双调〕清江引·野兴 五二八
〔南吕〕四块玉·浔阳江 五二八
〔双调〕拨不断 五二九
〔双调〕蟾宫曲·叹世 五二九
〔越调〕天净沙·秋思 五三〇
〔双调〕夜行船·秋思［套数］（节选） 五三一
赵孟頫
〔仙吕〕后庭花 五三二
王实甫
〔中吕〕十二月过尧民歌·别情 五三三
滕宾
〔中吕〕普天乐 五三四
邓玉宾

〔正宫〕叨叨令·道情 五三四
冯子振
〔正宫〕鹦鹉曲·赤壁怀古 五三五
朱帘秀
〔双调〕寿阳曲·答卢疏斋 五三六
贯云石
〔正宫〕塞鸿秋·代人作 五三六
红绣鞋·痛饮 五三七
〔双调〕蟾宫曲·送春 五三八
〔双调〕清江引·惜别 五三八
〔双调〕殿前欢 五三九
鲜于必仁
〔双调〕折桂令·卢沟晓月 五三九
张养浩
〔中吕〕朱履曲·警世 五四〇
〔中吕〕山坡羊·潼关怀古 五四一
〔中吕〕最高歌兼喜春来 五四一
〔双调〕雁儿落兼得胜令·退隐 五四二
〔双调〕水仙子·咏江南 五四三
〔双调〕折桂令·中秋 五四三
〔双调〕沉醉东风 五四四
〔南吕〕一枝花·咏喜雨［套数］ 五四五
白贲
〔正宫〕鹦鹉曲·渔父 五四六
郑光祖
〔正宫〕塞鸿秋 五四七
〔双调〕蟾宫曲·梦中作 五四七
范康
〔仙吕〕寄生草·酒 五四八
〔仙吕〕寄生草·色 五四九
曾瑞
〔中吕〕喜春来·未遂 五五〇
〔南吕〕四块玉·酷吏 五五〇
周文质

〔正宫〕叨叨令·自叹 五五一
〔双调〕折桂令·过多景楼 五五二
赵禹圭
〔双调〕蟾宫曲·题金山寺 五五三
乔吉
〔正宫〕绿幺遍·自述 五五三
〔中吕〕惜芳春·秋望 五五四
〔中吕〕满庭芳·渔父词 五五四
〔中吕〕卖花声·悟世 五五五
〔中吕〕山坡羊·冬日写怀 五五六
〔双调〕水仙子·寻梅 五五六
〔双调〕水仙子·咏雪 五五七
〔越调〕天净沙·即事 五五八
〔越调〕凭阑人·金陵道中 五五八
刘致
〔仙吕〕醉中天 五五九
〔中吕〕朝天子·邸万户席上（节选） 五六〇
〔南吕〕四块玉·嘲乌衣巷 五六〇
〔双调〕折桂令·再过村肆酒家 五六一
〔中吕〕山坡羊·与邸明谷孤山游饮 五六二
阿鲁威
〔双调〕寿阳曲 五六二
〔双调〕湘妃怨 五六三
〔双调〕蟾宫曲 五六四
虞集
〔双调〕折桂令·席上偶谈蜀汉事，因赋短柱体 五六五
张雨
〔中吕〕喜春来·泰定三年丙寅岁除夜玉山舟中赋 五六五
邓熙
滚绣球［摘调］ 五六六
薛昂夫
〔正宫〕塞鸿秋·凌歊台怀古 五六七

（中吕）朝天子 五六八
（双调）庆东原·西皋亭适兴 五六八
吴弘道
（南吕）金字经·咏樵 五六九
（双调）拨不断·闲乐 五七〇
赵善庆
（中吕）普天乐·秋江忆别 五七〇
（双调）水仙子·渡瓜洲 五七一
（越调）凭阑人·春日怀古 五七二
（中吕）山坡羊·燕子 五七二
马谦斋
（双调）水仙子·贺文卿鷫簾 五七三
（越调）柳营曲·叹世 五七四
（双调）水仙子·咏竹 五七四
张可久
（黄钟）人月圆·客垂虹 五七五
（黄钟）人月圆·山中书事 五七六
（双调）清江引·秋怀 五七七
（中吕）喜春来·金华客舍 五七七
（仙吕）一半儿·落花 五七八
（中吕）朝天子·闺情 五七八
（南吕）四块玉·客中九日 五七九
（中吕）卖花声·怀古 五七九
（中吕）满庭芳·春晚梅友元帅席上 五八〇
（南吕）金字经·采莲女 五八一
（双调）落梅风·江上寄越中诸友 五八一
（越调）凭阑人·湖上 五八二
（双调）落梅风·书所见 五八二
（双调）水仙子·归兴 五八三
（中吕）普天乐·秋怀 五八三
（越调）小桃红·淮安道中 五八四
（双调）水仙子·乐闲 五八五
（越调）凭阑人·江夜 五八六
（双调）清江引·老王将军 五八六

〔越调〕天净沙·江上　五八七
〔商调〕秦楼月　五八七
任昱
〔中吕〕上小楼·隐居　五八八
〔中吕〕普天乐·花园改道院　五八八
〔南吕〕金字经·秋宵宴坐　五八九
〔正宫〕小梁州·春怀　五九〇
〔双调〕清江引·积雨　五九〇
徐再思
〔中吕〕阳春曲·闺怨　五九一
〔越调〕天净沙·题情　五九一
〔双调〕沉醉东风·春情　五九二
〔双调〕水仙子·夜雨　五九三
〔双调〕蟾宫曲·送沙宰　五九三
〔双调〕殿前欢·观音山眠松　五九四
孙周卿
〔双调〕蟾宫曲·山中乐　五九五
〔双调〕水仙子·舟中　五九五
顾德润
〔越调〕黄蔷薇过庆元贞·御水流红叶　五九六
曹德
〔双调〕清江引　五九七
高克礼
〔越调〕黄蔷薇过庆元贞　五九七
王仲元
〔中吕〕普天乐·春日多雪　五九八
〔双调〕江儿水·妇人脸上笑靥　五九九
吕止庵
〔仙吕〕后庭花·怀古　五九九
〔仙吕〕后庭花·秋思　六〇〇

唐诗

五言古诗

感遇（其一）

张九龄

兰叶春葳蕤①，桂华秋皎洁。欣欣此生意，自尔为佳节②。谁知林栖者③，闻风坐相悦。草木有本心④，何求美人折？

【注释】

①葳（wēi）蕤（ruí）：枝叶茂盛的样子。②自尔：自然而然的。③林栖者：林中隐者。④本心：天性。

【赏析】

春天是兰草繁茂的季节，秋天是桂花芬芳的时候，兰桂都是这样欣欣向荣，自然是各自的生机勃勃和清新雅洁象征着春秋佳节。

何料林中隐者，闻到了兰桂的芬芳而生爱慕之情，殊不知兰桂的美好完全是源自它们的本心本性，哪里是在为求人折赏呢。

此诗是张九龄受谗遭贬后所作《感遇》组诗十二首的第一首，诗人自比兰桂，抒发了孤芳自赏、不求人知的情怀。

感遇（其七）　张九龄

江南有丹橘，经冬犹绿林。岂伊地气暖①，自有岁寒心。可以荐嘉客，奈何阻重深。运命惟所遇，循环不可寻②。徒言树桃李，此木岂无阴③？

【注释】

①岂伊：难道是。②运命二句：意思是运命的好坏只在于遭遇的不同，周而复始、变化莫测的自然之理，让人无法探究。③阴：同『荫』。

【赏析】

江南生长着丹橘，它经历严冬却能葱翠依然。这并非是因为那里的气候温暖，而是橘树本身具有耐寒的禀性。

丹橘佳美，可以用来招待嘉宾，无奈有重重阻隔，山高水深。在这个命运只在机遇而事理难以穷究的纷乱尘世里，世人只知道倾心于桃李的浮华艳媚，难道丹橘不是更有葱郁不凋的树荫吗？

诗人以丹橘自比，委婉含蓄地表达了对自己因为正直而遭贬逐的悲愤之情，期待朝廷重新起用的心意也是昭然可见。末尾『徒言树桃李，此木岂无阴』的反诘，深沉凝重，矛头直指唐玄宗后期任用奸人、排斥贤良的用人政策。

下终南山过斛斯山人宿置酒①　李白

暮从碧山下，山月随人归。却顾所来径②，苍苍横翠微③。相携及田家，童稚开荆扉。绿竹入幽径，青萝拂行衣。欢言得所憩④，美酒聊共挥⑤。长歌吟松风⑥，曲尽河星稀。我醉君复乐，陶然共忘机⑦。

【注释】

①斛（hú）斯山人：一位姓斛斯的隐士朋友。②却顾：回头望。③翠微：青翠幽深的山林。④所憩（qì）：留宿休息。⑤聊：姑且。⑥松风：指古乐府《风入松》。⑦忘机：忘记世间庸俗心机。

【赏析】

这是一首田园诗，是诗人在长安供奉翰林时所作，写的是诗人月夜拜访终南山上一名姓斛斯的隐士。全诗描写了暮色中山林景色的清新美丽及田家庭院的恬适安静，流露出诗人的赞慕之情。

第一句『暮从碧山下』中的『暮』字，引出了第二句的『山月』和第四句的『苍苍』；『下』字引出了第二句的『随人归』及第三句的『却顾』；『碧』字又引出了第四句的『翠微』。首句看似平常的五个字，却没有一个字是虚设的。『山月随人归』一句，将月写得脉脉含情。月尚能如此，人难道还不如月吗？接下来『却顾所来径』一句，写出了诗人对终南山的不舍之情。这里尽管没有正面描写日暮时的山林景色，但却情中有景。是什么让诗人如此迷恋，忍不住向身后回顾呢？不正是迷人的山色吗？第四句『苍苍横翠微』则正面描绘出苍茫暮色中美妙的山林景色。『翠微』指青翠遮掩映衬的山林幽深处；『苍苍』二字更加渲染了色彩的浓重；『横』字则有笼罩之意。以上四句，笔墨简练却神色兼备。接下来，正在山间小路上漫步的诗人可能恰好碰见了斛斯山人，便『相携及田家』。由『相携』二字，可见二人关系之亲密。『童稚开荆扉』，是说孩童们打开柴门迎客。『绿竹入幽径，青萝拂行衣』，写出了田家庭院的清幽恬适，流露出诗人的欣赏、艳羡之情。

『欢言得所憩，美酒聊共挥』中的『得所憩』，除了是称赞山人的院落居室外，还表现了诗人遇见山人的欣喜。所以，诗人与山人开心畅谈、开怀畅饮。一个『挥』字，形象地描绘出诗人畅饮美酒的神情。『长歌吟松风，曲尽河星稀』两句，写诗人与山人酒醉情深，纵情高歌，一直唱到夜空星辰寥落，人间更深人静。句中的青松和青天，与上文的苍苍『翠微』遥相呼应。诗的末尾，从共饮美酒转至『我醉君复乐，陶然共忘机』，写酒醉之后，诗人高兴得将俗务机心都抛却了，心境变得淡泊、恬静、幽远。

月下独酌

李白

花间一壶酒，独酌无相亲。举杯邀明月，对影成三人。月既不解饮，影徒随我身。暂伴月将影①，行乐须及春②。我歌月徘徊，我舞影零乱。醒时同交欢，醉后各分散。永结无情游③，相期邈云汉④。

【注释】

①将：和。②及：趁着。③无情：忘情。④云汉：天河、银河。

【赏析】

这是《月下独酌》四首中的第一首，表现了李白借酒浇愁的孤独苦闷心理。当时，唐朝开始败落，李林甫及其同党排除异己，把持朝政。李白性格孤傲，又『非廊庙器』，自然遭到排挤。但他身为封建士大夫，既无法改变现状，也没有其他前途可言，只好用饮酒、赏月打发时光，排遣心中的孤寂苦闷。于是，有了这首诗。

本诗分为三个部分。头四句是第一部分，描写了人、月、影相伴对饮的画面。花间月下，『独酌无相亲』的诗人十分寂寞，于是将明月和自己的影子拉来，三『人』对酌。从一人到三『人』，场面仿佛热闹起来，但其实更加突显出诗人的孤独。

第五句到第八句是第二部分。诗人由月、影引发议论，点明『行乐须及春』的主旨。『月既不解饮，影徒随我身』：明月和影子毕竟不能喝酒，它们的陪伴其实是徒劳的。诗人只是暂借月、影为伴，在迷醉的春夜及时行乐。诗人孤单寥落、苦中作乐的形象跃然纸上。

最后六句是第三部分。诗人慢慢醉了，酒意大发，边歌边舞。歌时，月亮仿佛在徘徊聆听；舞时，影子似乎在摇摆共舞。但是，当诗人一醉不起，月亮与影子就马上各自分开。诗人想和『月』『影』真诚地缔结『永结无情游，相期邈云汉』之约，但它们毕竟『皆是无情物』，诗人的孤独苦闷溢于言表。

本诗用动写静，用热闹写孤寂，产生了强烈的艺术效果，既表现了诗人空有才华的寂寞，也表现了他孤傲不羁的性格。

春思

李白

燕草如碧丝①，秦桑低绿枝②。当君怀归日③，是妾断肠时④。春风不相识，何事入罗帏？

【注释】

①燕：指今冀北辽西一带，唐时是边防重地。②秦：今陕西。燕地寒冷，秦地较暖，故燕地的草木要迟生于秦地草木。③怀归日：思生归家之情的时候。④断肠：肝肠寸断。形容思念之久之苦。

【赏析】

这是一首描写思妇心绪的诗，描写了秦地思妇整日思念在燕地戍边的丈夫，希望他早点回来的情景。

头两句通过秦燕两地的春季景物来起兴。『燕草如碧丝』是思妇想到的，『秦桑低绿枝』是她看到的。仲春之时，花繁叶茂，独在秦地的思妇看到春景，不禁想到在燕地戍边的丈夫，希望他早日归还。她猜想在燕地的丈夫此时看见碧丝一样的春草，应该也会和她想法一样。《楚辞·招隐士》中有『王孙游兮不归，春草生兮萋萋』的语句，这是见春草而思归的出处。诗人化用这个语句，显得浑然天成。同时，这两句中的『丝』与『思』、『枝』与『知』谐声双关。中间两句接着上句写：燕草碧绿之时，丈夫也一定想着回家，宽慰两个离人的心灵。按照常理来讲，思妇应该高兴才对，而下句竟写了『断肠』。这种写法看似不合常理，但仔细品味后就会发现：寒冷的燕地春草萌生之时，丈夫才有归还之念；温暖的秦地桑柳滴绿之时，女主人公思念丈夫已久，几近『断肠』。这种对比的写法更加深刻地表现了思妇的情感。最后两句用吹动罗帏的春风来写思妇的心理，表现了她对丈夫忠贞不渝的情操。

赠卫八处士

杜甫

人生不相见，动如参与商①。今夕复何夕②，共此灯烛光。少壮能几时，鬓发各已苍。访旧半为鬼，惊呼热中肠③。焉知二十载，重上君子堂。昔别君未婚，儿女忽成行。怡然敬父执④，问我来何方。问答未及已，驱儿罗酒浆。夜雨剪春韭，新炊间黄粱⑤。主称会面难，一举累十觞⑥。十觞亦不醉，感子故意长⑦。明日隔山岳，世事两茫茫。

【注释】

①动：动辄。参（shēn）与商：参星与商星。参星于西，商星于东，此起彼隐，永不相见。②今夕句：意谓今天是什么日子。③热中肠：形容情绪激动异常。④怡然：和悦的样子。父执：父亲的挚友。⑤间（jiàn）：掺杂。⑥累（lěi）：接连。觞（shāng）：酒杯。⑦子：指卫八处士。故意：对故交的情谊。

【赏析】

乾元二年（759年）三月，诗人在探望洛阳旧居陆浑庄后，启程回华州。途经奉先时，探望了隐居在此的少年好友卫八处士。相会后不久，诗人写下这首寄情之作。两人相见时，正值安史之乱，诗的开篇四句隐藏着诗人对这个战乱时代的感受。接下来的四句，诗人先从容貌变化说起，继而发出感叹。在了解其他故人的情况后，方知多半早已去世，不免悲从中来。从『焉知二十载』到『感子故意长』，是对两人再聚，友人及家人对诗人热情招待的描写。『感子故意长』是总结前文，写出了诗人对往日与今朝的体会。最后两句写明日的分离，委婉地表达了再次别离给诗人带来的沉郁、忧伤之情。这两句既是对前文『人生不相见，动如参与商』的一种回应，同时又使全诗感情达到了高潮。

望岳

杜甫

岱宗夫如何①，齐鲁青未了。造化钟神秀②，阴阳割昏晓。荡胸生曾云③，决眦入归鸟④。会当凌绝顶⑤，一览众山小。

【注释】

①岱宗：对泰山的尊称。②钟：赋予，集中。③曾：同『层』，重叠。④决眦句：意指山高鸟小，远望飞鸟，几乎要睁裂眼眶。决：裂开。眦（zì）：眼眶。⑤会当：终当。

【赏析】

本诗约作于开元二十四年（736年），是诗人现存诗中创作年代最早的一首。《望岳》共有三首，分别歌咏了东岳泰山、南岳衡山和西岳华山。本诗是诗人第一次游历齐赵登泰山时所作。当时诗人站在五岳之尊的泰山之巅，心中涌现出无限感慨。第一句以设问的形式，写出了诗人初见泰山时的兴奋、惊叹和仰慕之情。第二句是以距离之远来烘托泰山之高。泰山南面鲁，北面齐，但是远在齐鲁两国国境之外就能望见，可见其高。『青未了』意思是说苍翠山色绵延无际。这句诗既写出了泰山周围的地理风貌，也突出了泰山山脉绵延的特点。

诗人挥笔写下了这首传世佳作。全诗朝气蓬勃，意蕴深远。诗的前六句实写泰山之景。前两句突出写泰山之高。三、四句描绘诗人从近处看到的泰山，具体展现了泰山的秀丽之色和巍峨之态。『造化钟神秀』是说大自然好像对泰山情有独钟。一个『钟』字，将大自然拟人化，写得格外有情，好像大自然将灵秀之气全部赋予了泰山。『阴阳割昏晓』是写泰山极高，阳面和阴面判若晨昏。其中『割』字用得极妙，形象地刻画出泰山雄奇险峻的特点。五、六句写诗人细望泰山所见之景。只见山中云雾弥漫，令人心怀激荡。由『归鸟投林』可知，当时已是傍晚，而诗人还在入神赏望。这两句从侧面体现出了泰山之美。

七、八句写诗人望泰山时的感受。『会当凌绝顶，一览众山小』两句诗，抒发了诗人不畏困难、敢于攀登绝顶的雄心壮志，表现出一种昂扬向上、积极进取的精神。这两句诗千百年来一直广为传诵，时至今日，依然具有普遍的激励意义。全诗以『望』字统摄全篇，结构紧密，意境开阔，情景交融，形象鲜明，同时又不失雄浑的气势。

佳人

杜甫

绝代有佳人，幽居在空谷。自云良家子①，零落依草木。关中昔丧乱②，兄弟遭杀戮。官高何足论③，不得收骨肉。世情恶衰歇④，万事随转烛⑤。夫婿轻薄儿，新人美如玉。合昏尚知时⑥，鸳鸯不独宿。但见新人笑，那闻旧人哭。在山泉水清，出山泉水浊⑦。侍婢卖珠回⑧，牵萝补茅屋。摘花不插发⑨，采柏动盈掬⑩。天寒翠袖薄，日暮倚修竹。

【注释】

①良家子：好人家的女儿。②丧乱：指安禄山攻陷长安之事。③官高句：意谓官高显赫又有什么用呢？④世情句：意谓世人总是厌恶衰落破败。歇：衰退。⑤万事句：意谓世上的事情好像随风抖动的蜡烛，变化无常。⑥合昏：夜合花，叶子朝舒夜合。人们常以此比喻夫妻恩爱。⑦在山两句：喻自己隐于山中贞节自守，不愿因进入世俗而污浊了自己。⑧卖珠：指因为生活贫困而变卖珠宝。⑨摘花句：意谓无心修饰打扮。⑩动：动辄。盈掬：一满把。

【赏析】

这首诗作于乾元二年（759年）秋。这一年七月，杜甫辞去了华州司功参军一职，迫于生计，带着家眷来到边远的秦州，过起了负薪采橡栗的生活。

前两句通过写佳人的孤独寂寞说明佳人命运的悲惨，其中蕴藏着诗人对自身命运的感慨。第三句开始，是佳人自述：她出身显赫，但不幸遭遇战乱，兄弟被杀，连尸骨都无法收葬。『世情』以下八句进一步描写了佳人的悲惨命运：家势衰败后，她惨遭丈夫抛弃。这段自述把世态的炎凉、人情的冷暖深深刻画出来。『在山泉水清，出山泉水浊』两句出自《诗经 ·小雅》中的『相彼泉水，载清载浊』。接下来的四句是对佳人山中生活境况的描写：生活窘迫，但佳人依然『摘花不插发』，可见她品格高雅。末两句写出了佳人天寒日暮之时心中的孤独、哀怨，勾勒出一幅生动的画面。

梦李白（其一）

杜甫

死别已吞声①，生别常恻恻②。江南瘴疠地③，逐客无消息④。故人入我梦，明我长相忆⑤。恐非平生魂，路远不可测⑥。魂来枫林青，魂返关塞黑⑦。君今在罗网，何以有羽翼？落月满屋梁，犹疑照颜色⑧。水深波浪阔，无使蛟龙得。

【注释】

①吞声：泣不成声。②恻（cè）恻：悲伤。③瘴（zhàng）疠（lì）：瘴气瘟疫。④逐客：被流放之人。⑤明：表明。⑥恐非二句：其时多有关于李白的不祥传闻，杜甫因而怀疑李白已死。平生：生前。⑦魂来

二句：意指李白魂魄来的时候要穿越南方千里枫林，返回时又须渡过阴沉灰暗的秦关。⑧颜色：梦中李白的容貌。

【赏析】

本诗起首写生离死别的苦痛，继而对梦到李白这件事提出了种种猜想和疑问。作者设身处地地为友人着想，就连李白梦魂来去路上的艰辛也让他揪心不已。诗的末尾记述梦醒后因看到惨淡月色而回忆起梦中李白憔悴的面容，道出了他对李白的殷殷叮咛：梦魂归去的路上要经过条条江河，你可要当心凶浪蛟龙（喻指阴险小人），切勿被它们捕获了去！

梦李白（其二）

杜甫

浮云终日行，游子久不至①。三夜频梦君，情亲见君意。告归常局促，苦道来不易。江湖多风波，舟楫恐失坠②。出门搔白首，若负平生志。冠盖满京华③，斯人独憔悴④。孰云网恢恢⑤，将老身反累⑥。千秋万岁名，寂寞身后事。

【注释】

①浮云两句：意谓浮云终日于空中飘走，而游子却久久不曾到来。游子：指李白。②恐失坠：恐怕船只翻覆。③冠盖：冠冕和车盖，此指达官贵人。④斯人：这个人，指李白。⑤恢恢：《老子》中有『天网恢恢，疏而不漏』句。这里是指谁说天理公平。⑥反累：反而无辜受到牵累。

【赏析】

继写完前首记梦诗之后，诗人又一连三夜梦到李白，梦中的李白越过千山万水前来与他相见，见面后诉说着此行不易。望着他郁郁不得志的样子，诗人的内心受到了极大的触动，他不禁愤愤不平道：『为什么许多碌碌无能之辈都是高冠华盖，而像李白这样一位才华横溢的人却坎坷憔悴？谁说天道公正，像李白这样临到老年而被囚禁放逐的遭遇又该怎么解释呢？』愤到极时，诗人也只能慨然作叹：『李白的诗定然会光照千古，只是这身后的名声对那时已寂寞无知的他来讲又有何用处呢！』这深沉一叹，不但蕴含着杜甫对李白的高度评价和深切同情，也联系着他自己的无限心事。

送綦毋潜落第还乡

王维

圣代无隐者，英灵尽来归。遂令东山客①，不得顾采薇②。既至金门远③，孰云吾道非。江淮度寒食，京洛缝春衣④。置酒长安道，同心与我违⑤。行当浮桂棹⑥，未几拂荆扉⑦。远树带行客，孤城当落晖。吾谋适不用⑧，勿谓知音稀。

【注释】

①东山客：东晋谢安曾隐居于会稽东山，此指隐居者。②采薇：商末伯夷、叔齐不食周粟，在首阳山采薇代食。这里指隐居。③金门：金马门，汉代对优异贤良之士皆令至金马门待诏。④江淮二句：意谓赴京赶考，渡江淮时正值寒食节，后落第滞留京洛，又自缝春衣。⑤同心：知心朋友。违：分离。⑥行当：将要。桂棹：船的美称。⑦未几：不久。荆扉：指故园的柴门。⑧吾谋句：意指文章未被考官所赏识。

【赏析】

本诗为诗人送落第友人归乡的赠行诗。綦毋潜：綦毋为复姓，潜为名，字季通，王维好友。

落第可谓人生中的沉重打击。綦毋潜落第返乡，心情必然沮丧。作为綦毋潜的好友，诗人力图多方面给予他安慰。在这首赠行诗中，诗人不仅称颂『英灵尽来归』，还为『吾谋适不用』而由衷慨叹。这两句看似矛盾，却恰是诗人构思精巧之处。诗人对前者是讥讽，对友人是劝解和安慰，安慰友人不必灰心丧气，勉励他，并令他相信在圣明的朝代有才干的人最终会被重用。

整首诗在『劝慰』的主旨上进行渲染，熔叙事、写景、抒情于一炉，既有慨叹，也有鼓励。全诗写景清婉，抒情自然，慨叹由衷，鼓励真挚，读来让人振奋不已。『反复曲折，使落第人绝无怨尤』，是清人对本诗的评语。

送别

王维

下马饮君酒①，问君何所之②。君言不得意，归卧南山陲③。但去莫复问，白云无尽时。

【注释】

①饮君酒：请君饮酒。②何所之：去向何方。③南山：终南山，位于今陕西省西安市南。陲（chuí）：边。

【赏析】

本诗为诗人送友人归隐之作。诗人对友人的归隐是支持的，但友人的归隐是仕途不得意所致，诗人对友人的遭际不顺也表现出了惆怅，但更多的是贬斥功名，抒发陶醉白云、自寻其乐之情。全诗含蓄委婉，意味深长。从表面上看，这首诗很平淡自然，每句皆是按照事情的发展淡淡道来，丝毫不见雕琢的痕迹，仿佛诗人信笔写来，分外随意。然而细品之后不难发现，这首诗内涵深刻，意境悠远，可谓藏而不露。就像诗人的其他诗一样，这首诗也是诗中有画，而且这一画景并非诗人有心为之，而是浑然天成：诗人下马和友人共饮美酒，两人之间的问答，友人遥指远处的高山，白云无边飘荡。除了展现出一幅淡雅的画面外，这首诗又体现了一个『情』字：两人相见时苦涩的欢悦，两人间的关心，友人的不得志，以及诗人对白云无边飘荡的慨叹。这些皆来自诗外，但却是诗中所包含的意象。

诗的开头四句看起来平淡，其实写得很朴实。第一、二句写饮酒话别，文字质朴、意境邈远。诗人开篇点题，提出疑问，借此表达对朋友的关心：诗人在路旁遇见友人，下马和他共饮美酒，之后关切问他要到哪里去。第三、四句简练说明了友人隐居的因由和处所。其中，『不得意』除了表达友人的隐居因由和不得志的真实情绪外，还从诗人的角度表现了他对现实的不满意。『南山陲』指终南山边，离长安不远。

在第五、六句中，诗人对友人进行宽慰，同时也表达了自己对他的羡慕。诗人说：『我不再问了，你只管去吧。你不必感到沮丧和失望，除了那山中的白云，世间的一切都是有尽头的。』这两句不仅表达了诗人对功名利禄、荣华富贵的不以为然，也流露出了一种无奈的情愫，既是对友人的宽慰，也是对归隐的向往。结尾两句，言有尽而意无穷，使全诗韵味骤增，诗意顿浓；诗人羡慕有心，感慨无限，让全诗耐人寻味。

青溪

王维

言入黄花川①，每逐青溪水②。随山将万转，趣途无百里③。声喧乱石中，色静深松里④。漾漾泛菱荇⑤，澄澄映葭苇⑥。我心素已闲，清川澹如此⑦。请留盘石上⑧，垂钓将已矣⑨。

【注释】

①言：发语词，无意义。黄花川：今陕西凤县东北黄花镇附近。②逐：沿着。青溪：今陕西勉县东。③随山两句：意思是青溪与黄花川相隔不过百里，溪水却依山势千回万转。趣：同『趋』，指走过的。④色：山色。⑤漾漾：形容水波荡漾摇曳的样子。泛：浮漂。菱荇：菱叶、荇菜等水生植物。⑥澄澄：形容溪水清澈透明。葭（jiā）苇：芦苇。⑦澹（dàn）：安静。⑧盘石：大石。⑨将已矣：将留此终身。

【赏析】

本诗写的是山水景色，是王维在蓝田南山隐居初期写的，又叫《过青溪水作》。前四句总体介绍了青溪，山势的蜿蜒曲折使得这段不足百里的路程显得丰富多彩，非常吸引人。接下来的四句，诗人用了『移步换形』的手法，写了青溪的各种景色。诗人穿行于山间乱石之中时，青溪的水声喧闹，一个『喧』字在声音上形成了很强的震撼力。流过松林平地时，溪水又变得安静起来，没有任何声音。结尾四句，诗人将青溪清新的景色和自己闲适的心境完美地结合在一起，做到了心境和物境的统一。之后，诗人用了东汉严子陵在富春江上垂钓的典故，表明隐居的意愿。本诗清新雅致，无论写景还是抒情都很自然，诗意无穷。

渭川田家

王维

斜阳照墟落①，穷巷牛羊归②。野老念牧童，倚杖候荆扉。雉雊麦苗秀③，蚕眠桑叶稀④。田夫荷锄至⑤，相见语依依。即此羡闲逸⑥，怅然吟式微⑦。

【注释】

①墟落：村落。②穷巷：深巷。③雊（gòu）：野鸡叫。④蚕眠：蚕吐丝作茧后在茧内化成蛹，期间不食不动，称「眠」。⑤荷（hè）：扛着。⑥即此句：意谓就是这样的情景也让人羡慕其安然闲逸了。⑦式微：《诗经·邶风·式微》有：「式微，式微，胡不归？」（胡不归：为何还不归去？）

【赏析】

本诗是一首田园诗。诗人用白描手法描写了初夏傍晚宁静和谐的景色，表现了农村生活的闲逸自得。这种充满诗情画意的田家生活图景也是诗人闲适心境的反映。渭川，即渭水，又称渭河。

本诗的核心为一个「归」字。诗人一开篇，首先描绘了夕阳映照村落的景象，渲染出苍茫暮色的浓烈氛围，作为全诗的总背景。随后，诗人用一个「归」字，描写了牛羊缓缓回到村里的情景，让人不禁想起《诗经》中的几句诗：「鸡栖于埘，日之夕矣，羊牛下来。君子于役，如之何勿思？」诗人痴痴地看着牛羊，在这种心情下，他来到田野，看见众人都有所归，只有自己没有归处，怎么能不羡慕而怅惘呢？因此，诗人慨叹道：「即此羡闲逸，怅然吟式微」。《式微》为《诗经·邶风》里的一篇，诗人反复吟叹「式微，式微，胡不归？」是借此表达自己非常想隐退田园的心情。这两句不但在意境上同首句「斜阳照墟落」相呼应，而且在内容上也与「归」字相合，令写景和抒情紧密结合在一起，点明了全诗的主题。读完最后一句，才明白诗人在前面着重写『归』，原来是为了以『人皆有所归』来反衬自己『无所归』；以他人都能及时、自在、欢悦地归去，反衬自己隐退太晚和混迹宦途的孤苦、愁闷。本诗的最后一句，可以说是整首诗的重心及灵魂之所在。

西施咏

王维

艳色天下重①，西施宁久微②？朝为越溪女，暮作吴宫妃。贱日岂殊众③，贵来方悟稀④。邀人傅脂粉⑤，不自著罗衣⑥。君宠益娇态⑦，君怜无是非⑧。当时浣纱伴，莫得同车归。持谢邻家子⑨，效颦安可希⑩？

【注释】

①艳色句：意谓艳丽的姿色为天下所看重。②西施句：意谓西施又怎能久居微贱？宁：岂。③贱日句：意谓微贱的时候难道有什么与众不同？④贵来：显贵的时候。方悟稀：方才感到稀罕。⑤傅：涂抹。⑥自：亲自。著：穿。⑦益：愈加。⑧君怜句：意谓君王怜爱而从不计较她的是非。⑨持谢：奉告。邻家子：指西施的邻居丑女东施。⑩效颦句：意谓光学西施皱眉又怎能希望得到别人的赏识。颦（pín）：皱眉。

【赏析】

这首诗借咏赞西施，比喻为人。本诗描写古代美女西施，赞颂西施的美艳绝伦不可仿效。西施，又称西子，名为夷光，春秋战国时越国人，生于浙江诸暨苎萝村。当时越国臣服于吴国，越王勾践身卧柴薪、口尝苦胆，谋求复国。在国家危难之时，西施将身许国，由越王勾践敬献给吴王夫差，成了吴王最宠幸的妃子。吴王因为迷恋西施美色，无心朝政，最终成了孤家寡人。吴国最终被越国所灭。相传吴国灭亡后，西施和范蠡一起泛舟五湖，不知去向。西施和杨贵妃、王昭君、貂蝉并称为中国古代四大美女，其中西施居于首位，成为美丽的化身及代名词。

在本诗中，诗人借西施由浣纱女到吴宫妃，由低微卑贱到无比尊贵这种偶然的命运变更，来讽喻有才能之士只能凭借偶然机遇获得君王看重的社会现实，抨击了不重才学重机遇的不平世态。恰如陈子昂曾经在《郭隗》诗里所写的『逢时独为贵，历代非无才』，诗人也在本诗中深深感慨『伴明君，做贤臣』这种际遇的难得。『贱日岂殊众，贵来方悟稀』两句诗，对那些趋炎附势、平步青云的权贵进行了严厉的讽刺，表达了诗人宦途失意、壮志难酬的愤慨。『艳色天下重，西施宁久微？朝为越溪女，暮作吴宫妃』四句，写西施有倾国倾城的美貌，不可能长时间处于低微地位。接下来，『贱日岂殊众，贵来方悟稀。邀人傅脂粉，不自著罗衣。君宠益娇态，君怜无是非』六句，写西施一旦获得君王的恩宠，身价便一下子高出百倍。『当时浣纱伴，莫得同车归。持谢邻家子，效颦安可希』四句，写容貌太差的人，想效法西施之美简直是自不量力。全诗语句尽管浅显平淡，但其中却蕴含着深刻的寓意。沈德潜在《唐诗别裁集》里写道：『写尽炎凉人眼界，不为题缚，乃臻斯旨。』这句评价颇为中肯。

秋登兰山寄张五

孟浩然

北山白云里①，隐者自怡悦②。相望试登高，心随雁飞灭。愁因薄暮起，兴是清秋发。时见归村人，沙行渡头歇。天边树若荠③，江畔洲如月。何当载酒来，共醉重阳节。

【注释】

①北山：指湖北襄阳西北的万山，又称方山、蔓山、汉皋山等。②隐者：作者自指。晋陶弘景有诗云：『山中何所有，岭上多白云。只可自怡悦，不堪持赠君。』③荠（jì）：荠菜。

【赏析】

这是一首临秋登高远眺、怀念友人的诗。张五，名子容，隐居于岘山以南约两里的白鹤山。孟浩然的田园庐舍离岘山不远。因此，诗人登上岘山对面的万山遥望张五所在之处。在这首诗中，诗人描绘了清秋薄暮登山所望的美好景色，抒写了淡淡的忧愁，表达了对友人的真挚思念。

这首诗的开篇两句，是诗人从晋代陶弘景的《答诏问山中何所有》一诗中化用来的。陶诗原句为：『山中何所有，岭上多白云。只可自怡悦，不堪持赠君。』诗人则用『北山白云里，隐者自怡悦』两句，点出隐居的愉悦。三、四两句进入正题，为寄托思念，诗人登山远望，但却望不见友人，只看见南飞的北雁。于是，诗人的心随鸿雁而去，消逝在遥远的天际。这两句既是写景，又是抒情。五、六两句，诗人将愁怪于本不相干的清秋：雁去黄昏近，淡淡哀愁从诗人心头泛起，诗人不去管这哀愁的真正由来，却怪罪于周围清秋薄暮的山色。七、八两句写诗人登山俯望，看到那劳累了一天的村民三五成群地归来，坐在渡头的沙滩上歇脚。这两句使全诗的闲逸之情顿出。九、十两句写远景所见。诗人眺望开来，天边的树看上去活像是荠菜，而那江畔的沙洲状如弯月。最后两句呼应开头，既点题之『秋』，表达了诗人对友人的思念之情，又写出了诗人的希冀。

夏日南亭怀辛大① 孟浩然

山光忽西落②，池月渐东上。散发乘夕凉，开轩卧闲敞③。荷风送香气，竹露滴清响。欲取鸣琴弹，恨无知音赏。感此怀故人④，中宵劳梦想⑤。

【注释】

①辛大：名不详。大：排行第一。②山光：山中日光。③轩：窗户。闲敞：幽静宽敞的地方。④感此：有感于此。故人：老朋友。⑤中宵：一整夜。一作『终宵』。劳：苦于。

【赏析】

孟浩然善于捕捉乡村日常景物闲适自得的特点，能将乡村日常的景物写得别有情趣。这首诗就是他的代表作之一，写诗人夏夜休憩南亭时深切怀念友人，着意表现了诗人隐居生活的闲适，也含蓄地抒写了诗人不得志、怀才不遇的苦闷。全诗情景交融，清新感人。

开篇，诗人遇景入咏，却不只是简单写景，同时写出了自己的主观感受。『忽』『渐』二字运用之妙，在于不但传达了夕阳西下、素月东升给人实际的感觉（一快一慢），而且突出了一种心理上的快慰。

三、四两句写诗人沐浴后乘凉，表现了身心两方面的快感。诗人沐浴后『散发』而不梳，洞开亭户，倚窗而卧，纳凉赏月，闲情适意。

接着，诗人从嗅觉、听觉两方面继续写这种快感。荷花香气清淡入微，随风潜至；竹叶上的露水滴在池面，声声清脆。芳香可嗅，滴水可闻，令人感觉此外再无声息。

七、八两句由写景转而怀人，过渡自然。『竹露滴清响』，这天籁似的声音对诗人有所触动，诗人便『欲取鸣琴弹』，又由『鸣琴』联想到了『知音』，内心牵起一丝淡淡的怅惘。因而，诗人自然而然地思念起自己的友人来。这两句诗为下文做了铺垫。此时，诗人是多么希望友人在身边闲话清谈，共度良宵，可友人却不在身边，两人只能梦中相会。

全诗写各种感觉细腻入微，由境及意而达于浑然一体，极富韵味。『荷风送香气，竹露滴清响』，是表达纳凉闲情的名句。

宿业师山房待丁大不至

孟浩然

夕阳度西岭，群壑倏已暝①。松月生夜凉，风泉满清听。樵人归欲尽，烟鸟栖初定②。之子期宿来③，孤琴候萝径④。

【注释】

①壑：山谷。倏（shū）：忽然。暝（míng）：昏暗。②烟鸟：暮霭中的归鸟。③之子：这个人。期宿来：相约来住宿。④萝径：长满藤萝的小径。

【赏析】

『遇景入咏，不拘奇抉异』是孟浩然诗的特色，而这个特色在本诗中表现得甚为突出。本诗写诗人夜宿山寺中，于山径之上等待友人，而友人不至的情景。诗人挥洒自如，点染空灵，笔意在若有若无之间，将薄暮之时山中景色勾勒得极具特色，并寓情于景。全诗诗中有画，盛富美感，蕴藉深微，挹之不尽。

本诗运用了大量意象：夕阳西下，万壑蒙烟，凉生松月，清听风泉，樵人归尽，暮鸟栖定。这些意象都是在为抒情做铺垫。全诗色彩不断变幻，景物描写十分幽清，语言含蓄婉约富有韵味，『松月生夜凉，风泉满清听』两句是本诗名句。

同从弟南斋玩月忆山阴崔少府①

王昌龄

高卧南斋时②，开帷月初吐③。清辉澹水木，演漾在窗户。苒苒几盈虚④，澄澄变今古。美人清江畔⑤，是夜越吟苦⑥。千里共如何，微风吹兰杜⑦。

【注释】

①从弟：堂弟。山阴：在今浙江绍兴。崔少府，指崔国辅。②南斋：面南的书房。③开帷：拉开帘帐。帷：帘帐。④苒苒（rǎn）：同『冉冉』，指时光于不知不觉中渐渐过去。盈虚：月圆月缺。⑤美人：可亲可爱的人，指崔少府。⑥是夜：此夜。越吟苦：意思是想必在越中苦吟诗篇。⑦兰杜：兰花与杜若，均为香草。

【赏析】

本诗写诗人玩月思友，由月忆人。在诗中，诗人描写了月亮清辉弥漫山林的清幽景色，抒写了由月亮的盈虚所引发的世事无常的感慨，并表达了对友人深挚的思念之情。

本诗的前面六句，重点描写了诗人开窗后所看到的月色。『高卧南斋时』一句，说明诗人正在自己的书房——『南斋』中躺着，想睡却睡不着，这是什么缘故呢？『开帷月初吐』一句承接上文，说明了诗人无法入睡的原因：窗外，那一轮刚刚升起的皎洁月亮悬挂在半空中，面对如此美景，诗人怎么能够安然睡去？

因此，他撩起窗帘，卧于榻上，欣赏明月。接下来，『清辉澹水木，演漾在窗户』两句点出主题，写诗人赏玩月色：月亮的光辉淡淡地照着树木河流，水光月光又相互辉映，在窗外荡漾。『苒苒几盈虚，澄澄变今古』两句，是诗人由赏月而产生的思索：月亮经过了几多圆缺，人世又经历了几多变化？月亮能长存于天地之间，但世事却是变化无常。这深深的感叹，反映了诗人对人生的珍惜和重视。在这一时刻，诗人不禁对友人产生了思念之情，这种思念便显得更为真挚。

诗中第七、八句转写思念友人。诗人用『美人』居于『清江』之畔作比，称赞友人品行高尚。最后两句写友人的文章品德就像芬芳四溢的兰花、杜若，远近闻名。结尾这四句语言委婉蕴藉，不仅是称赞友人的高尚德行，也反映了诗人自己高尚的情怀。这种写法比普通的赏月怀人更为真挚动人，给读者留下了足够的想象空间。

整首诗情景交融，艺术感染力非常强。诗人从眼前的人和景联想起以前的景与情，可谓匠心独具。

寻西山隐者不遇

丘为

绝顶一茅茨①，直上三十里。扣关无僮仆②，窥室惟案几。若非巾柴车③，应是钓秋水。差池不相见④，黾勉空仰止⑤。草色新雨中，松声晚窗里。及兹契幽绝⑥，自足荡心耳。虽无宾主意，颇得清净理。兴尽方下山，何必待之子⑦。

【注释】

①绝顶：山之顶峰。茅茨（cí）：茅屋。②扣关：叩门。③巾柴车：意谓乘车出游。柴车：简陋的车子。

④差（cī）池：原为参差不齐，这里指此来彼往而错过。⑤黾（mǐn）勉句：意谓殷勤而来却不能相见，所以空怀景仰之思。黾勉：殷勤之意。⑥及兹：到此。契（qì）：相合。⑦之子：这个人，指隐者。

【赏析】

本诗写了诗人寻访山中隐者不遇的情景和感受，通过描写深山清幽景色，渲染隐逸生活的清高闲逸，抒写了诗人领悟隐逸理趣的喜悦。诗人乘兴而来，虽寻隐者不遇，却未生失望惆怅之情。相反，他洒脱飘逸，领略到了隐者的生活情趣之后尽兴而归，实为君子之风。

前八句写诗人寻访隐者而不遇，展现了隐者独居高处，远离世俗喧嚣、清新雅致的生活。开篇点出隐者居于山顶的『一茅茨』中，距山脚有『三十里』。这两句既写出了诗人不畏路途险阻、诚心拜访之意，又点出了隐者有意远离世俗喧嚣之心。『绝顶』与『直上』呼应，写出了山势的险阻和诗人攀登的劳苦。三、四句写『不遇』，诗人叩门拜访而无应答，只能窥见茶几。继而写诗人在门外猜测究竟隐者在何处？是乘车出游还是在池边垂钓呢？这两者恰是多数隐者日常生活的写照，闲情逸致由此可见。这种由诗人臆断的表达方式比直接描述更加灵活有致。

『差池不相见，黾勉空仰止』，诗人远寻而不得见，景仰之情不得表达，或多或少会有失望之情。然而诗写到此处，却突然宕了开去。诗人虽不见隐者，但却从周围的淡雅景致中得到陶冶，体会到了诗般的心境。可谓兴尽而归，自得其所，倒也惬意。自『草色新雨中』到『颇得清净理』六句，诗人由访人不得见的失望到见景领悟的满足，由单纯的景仰之情到领悟隐者的闲情逸致，这又怎能说是空访呢？结尾两句引用的是晋代王子猷雪夜访友的故事。诗人意图借此表明，访友之意不在于访，只要使自己的兴致得以宣泄即可。读诗至此，一位绝不亚于隐者的高雅之士的形象充分展现在读者面前。

宿王昌龄隐居

常建

清溪深不测①，隐处惟孤云。松际露微月②，清光犹为君③。茅亭宿花影④，药院滋苔纹⑤。余亦谢时去⑥，西山鸾鹤群。

【注释】

①深不测：指清溪之水流入山林深处，不见尽头。②松际句：意谓月儿刚刚升上松树梢头。③清光句：意谓月光犹自为君而来。④宿花影：意谓夜已深沉，花影如眠。⑤药院：长着芍药的庭院。滋：滋生。⑥谢时：辞别俗世。

【赏析】

本诗是一首写山水的隐逸诗，在盛唐时已广为流传，到清代更受到『神韵派』的青睐。常建和王昌龄虽然是一届进士及第的好友，但官场的经历和最后的归宿却不相同。常建只做过县尉，后便辞官归隐于武昌樊山。王昌龄一直官运不佳，但始终做官，没有归隐。所谓的『王昌龄隐居』实际指王昌龄做官前的隐居地。王昌龄中进士及第时，大约三十七岁。之前，他曾在今安徽含山县境内的石门山隐居，就是本诗中的『清溪』。常建在今江苏盱眙任职，与石门山分处于淮河的南北两岸。辞官回武昌樊山途中，常建游览了淮河附近的石门山。当时，他到王昌龄曾隐居的住所住了一夜。

诗的头两句交代了王昌龄隐居所在。王昌龄的住所在有清溪水流入的石门山上，远远望去，只能看见一片白云。『山中何所有？岭上多白云。只可自怡悦，不堪持赠君』，这是齐梁隐士陶弘景对齐高帝说的。于是，山中白云成了隐者住处的象征，也是其清高品行的象征。诗人之所以写『惟孤云』，清人徐增认为『惟见孤云，是昌龄不在，并觉其孤也』。

中间四句是诗人在王昌龄处所的见闻。王昌龄的住处雅致清幽：『茅亭』周围，屋前松树，屋边鲜花，院里草药。诗人夜宿该处，只见松树梢头，明月朗照，清辉袭来，分外动人。显然，明月不知道主人不在，只有客人，但依然『犹为君』来做伴。这两句在点明王昌龄不在的同时，也表现了隐居生活的情致。在院中散步时，诗人看见路面因久无人住而长出了青苔，但王昌龄养的药草却长得很好。这两句又指出主人不在已很久。于是，一种惋惜和期待的感情涌上了诗人的心头。

最后两句，诗人抒发自己的心志。『鸾鹤群』出自江淹的『此山具鸾鹤，往来尽仙灵』，表明诗人想与鸾鹤为伴，终生隐居。『亦』字看似要学王昌龄归隐，但也在委婉地劝说王昌龄归隐。

本诗描写朴实，语言含蓄，引人联想。诗人将比兴寄寓在平实的写景中，通过细致描绘王昌龄归隐处所的景色，赞扬了王昌龄高尚的品格和高洁的隐居生活。

春泛若耶溪①

綦毋潜

幽意无断绝②，此去随所偶③。晚风吹行舟，花路入溪口。际夜转西壑④，隔山望南斗⑤。潭烟飞溶溶⑥，林月低向后。生事且弥漫，愿为持竿叟⑦。

【注释】

①若耶溪：在今浙江省绍兴市东南。②幽意句：意谓归隐山林的念头一直未曾断绝。③随所偶：随遇而安，听凭自然。④际夜句：意谓入夜之际，舟已转入西面山谷。⑤南斗：即斗宿，位于北斗之南，故称南斗。⑥潭烟：水上雾气。⑦生事两句：意谓世事渺茫，前途不见，我宁愿做一个溪边垂钓的隐者。叟：老头。

【赏析】

这首五言古体诗是诗人归隐前后的作品。位于浙江省绍兴市东南的若耶溪如画般秀美，群山环抱，绿水如镜，据传是当年西施临溪浣纱之处。寂静的夜晚，趁着皎洁的月光乘舟临溪而上，别有一番幽雅情致。

开篇的『幽意』二字揭示了全诗主旨。隐居不问世事，悠然自得之情趣不会『断绝』，因而诗人此次出行也只是随性随情，并无刻意。这两句也流露出诗人安之若素的情绪。

接着的六句诗交代了泛舟的过程，充分展现了景色的美妙：在晚风徐徐吹拂下，诗人驾着小舟缓慢地驶进遍布春花的溪口，多么富有闲致。一个『晚』字道出泛舟的时间，而『花』则切中标题的『春』，似是信手拈来，实则用心良苦。『际夜转西壑，隔山望南斗』两句表明了时间地点的推移变换。『际夜』表明泛舟时间之长。『西壑』则是行舟所到的另一个地点。诗人泛舟畅游，忘却身外之物，举目远眺天上星宿时，才发现不知不觉中已然『隔山』了。『潭烟飞溶溶，林月低向后』是诗人对景物的描写刻画。水色之耀眼、雾气之迷茫、月色之倾泻都尽由一个『飞』字展现得活灵活现。诗人泛舟缓慢前行，身后退去的是岸边树木夹杂的月色。景是美的，也是静的，令人心旷神怡。

诗的最后两句是全诗的主旨所在，表明了诗人的心境，感慨抒发得极为自然。诗人由迷茫的夜景想到人生的虚无缥缈，进而更追慕『幽意』的人生，宁可如溪边垂钓的隐者般永享自由自在的闲逸生活，不问世事。正如《唐音癸签》中所说，全诗『举体清秀，萧肃跨俗』，传达出兴味悠长的意境，给人以轻松舒畅的感觉和美的享受。

与高适、薛据同登慈恩寺浮图①

岑参

塔势如涌出，孤高耸天宫。登临出世界②，磴道盘虚空③。突兀压神州④，峥嵘如鬼工⑤。四角碍白日⑥，七层摩苍穹⑦。下窥指高鸟，俯听闻惊风。连山若波涛，奔凑似朝东。青槐夹驰道⑧，宫馆何玲珑⑨。秋色从西来，苍然满关中。五陵北原上⑩，万古青濛濛。净理了可悟，胜因夙所宗。⑪誓将挂冠去⑫，觉道资无穷。⑬

【注释】

①慈恩寺：唐高宗为太子时为纪念其母文德皇后而建。②出世界：高出于人世之外。③磴道：塔的石阶。④突兀：高耸。⑤峥嵘句：意谓塔之高峻突兀有如鬼斧神工。⑥四角：塔的四角。⑦摩苍穹（qióng）：与青天相摩擦。⑧驰道：旧时皇帝车驾通行的道路。⑨宫馆：指远处的宫阙。⑩五陵：指汉高祖长陵、惠帝安陵、景帝阳陵、武帝茂陵、昭帝平陵。⑪胜因：善缘。夙：素来。⑫挂冠：辞官。⑬觉道：即佛道。资无穷：受用不尽。

【赏析】

慈恩寺塔即现在西安的大雁塔。这首诗主要写塔孤傲的情态，表达了诗人登临后忽然顿悟禅理想辞官入佛门的想法。

头二句写诗人登塔前仰望全塔：平地突然出现一座高塔，矗立于天地之间，像高高的山峰一样，塔势之高可见一斑。而这塔的出现又给人一种『如涌出』的突然之感，像泉水喷涌出来一样，奇特的感觉跃然纸上。这里对塔高、塔奇的描写都是为下文诗人登塔时更奇特的感受做铺垫。

下六句主要写诗人登塔时的所见所感。诗人从不同角度对塔高进行描写。其中，『碍白日』『摩苍穹』等词语用得十分奇妙，给人一种身临其境的真实感，令人叹服。

下面十句写登上塔顶后见到的景色。第九、十句是诗人在塔顶俯视所见：脚下高飞的鸟、呼啸的风。第十一至十八句是诗人在塔顶瞭望四周时看到的景色：远方连绵的山峰像滚滚的波涛一样向东而去，近处玲珑的宫馆与遍植青槐的大道相互掩映，清晰可见。关中秋色苍茫，北原五陵却仍旧一片青葱。

最后四句诗人忽悟『净理』，甚至想挂冠而去。从塔的高处俯视，一种超然洒脱的感觉常常会使人生发出对人生的顿悟。而慈恩寺塔是佛教圣地，诗人因佛理而悟道，自然就有大梦初觉的感觉。诗人进入佛门、学习佛理进而济世扶贫的想法，其实是报国无门的无奈之想。

贼退示官吏 并序

元结

癸卯岁，西原贼入道州，焚烧杀掠，几尽而去。明年，贼又攻永破邵，不犯此州边鄙而退。岂力能制敌欤？盖蒙其伤怜而已。诸使何为忍苦征敛？故作诗一篇以示官吏。

昔年逢太平，山林二十年。泉源在庭户，洞壑当门前。井税有常期①，日晏犹得眠②。忽然遭世变，数岁亲戎旃[3]。今来典斯郡[4]，山夷又纷然。城小贼不屠，人贫伤可怜。是以陷邻境，此州独见全。使臣将王命[5]，岂不如贼焉？令彼征敛者，迫之如火煎。谁能绝人命，以作时世贤。思欲委符节[6]，引竿自刺船[7]。将家就鱼麦，归老江湖边。

【注释】

①井税：指赋税。常期：固定的日期。②晏：晚。③戎旃（zhān）：军帐。④典：掌管。⑤将王命：奉皇帝的旨意。⑥委符节：辞官。委：弃。符节：古代朝廷传达命令或征调兵将用的凭证。⑦刺船：撑船。

【赏析】

本诗为诗人任道州刺史时所作。诗人以『西原贼』哀怜道州城民而不进犯一事警示官吏，对横征暴敛的官吏加以谴责，指出：官吏不顾民众死活，像『火煎』一样压榨民众，比盗贼还不如。全诗揭露了封建官吏虐民害物的面目，表现了诗人同情人民疾苦的可贵品格，十分难能可贵。

从写作风格上看，诗人采用了直抒胸臆的手法，直指事实，不刻意雕琢，感情表达自然真切。诗人将一腔忧民之情倾吐殆尽，如大江大河一泻千里，而字里行间又不失质朴浑厚。同时，诗人对『时世贤』的讽刺鞭挞也毫不留情，深刻有力地表明了自己同情百姓的立场。

全诗意境深沉，感情激越；语言平实通俗，质朴感人，充分体现了元结诗歌的特点。

郡斋雨中与诸文士燕集

韦应物

兵卫森画戟，燕寝凝清香[1]。海上风雨至，逍遥池阁凉。烦疴近消散[2]，嘉宾复满堂。自惭居处崇，未睹斯民康。理会是非遣，性达形迹忘③。鲜肥属时禁，蔬果幸见尝。俯饮一杯酒，仰聆金玉章。神欢体自轻，意欲凌风翔。吴中盛文史，群彦今汪洋④。方知大藩地⑤，岂曰财赋强。

【注释】

①燕寝：休息的地方。②烦疴（kē）：指暑天的烦郁。③理会二句：意谓明了事理，是非就消释了；性情旷达，自然就不会拘泥于世俗的礼节。④彦：贤士。⑤大藩：这里指大郡。

【赏析】

本诗是韦应物在苏州刺史任上所作。其时蒸郁闷热的夏日刚刚过去，一夕海上风雨，让官署内的池阁倍显清凉。诗人设宴召集宾客，虽时禁荤腥，然而新鲜果蔬，清酒几盏，又有宾客们作优美诗文助兴，也足以怡情悦性，畅舒胸怀。更为难能可贵的是，诗人在此欢娱之时还能想到自己虽然身居高位，却还未能让本地人民都过上康乐的生活，一片忧民爱民之心，让人感动。诗末赞扬苏州不仅是财富丰饶之区，而且是人才荟萃之地，人才胜于资财，可见刺史对于辖地的热爱与自豪。

晨诣超师院读禅经

柳宗元

汲井漱寒齿①，清心拂尘服②。闲持贝叶书③，步出东斋读。真源了无取，妄迹世所逐。遗言冀可冥④，缮性何由熟⑤。道人庭宇静⑥，苔色连深竹。日出雾露余，青松如膏沐。澹然离言说⑦，悟悦心自足⑧。

【注释】

①汲（jí）井：从井中打水。②清心：清理心境。③贝叶书：佛经。古印度人用贝多罗树之叶写佛经，所以佛经亦称『贝叶经』。④遗言：佛家的遗言。冀：希望。冥：暗合。⑤缮性句：意谓但我本性如此，又怎能修炼到精通呢？⑥道人：指超师。⑦澹然：恬静安定的心境。离言说：难以言明。⑧悟悦：参悟的喜悦。

【赏析】

诗人被贬永州后，希望能从参禅悟道中得到安慰和解脱，这天早晨，他又像往常一样地以冰冷的井水漱了口，掸扫了衣上的灰尘，然后拿了本佛经，缓步走出东斋来读。

诗人时而在读经之余暗自疑惑，他不明白为什么世人不去追求佛理的真谛，却总是热衷于追逐世上愚妄的形迹，他想自己合于佛理，但正直的个性已经形成，又怎么能够精通出世的佛经呢？

看看清晨的禅院是那样的静谧，从丛的翠竹接连着苔色，初日照在朝露晨雾上，青松好像润泽了油脂一样光亮。诗人心中生发出一种难以用语言形容的恬淡与安然，别有一种悟道的喜悦和满足。

溪居

柳宗元

久为簪组束①，幸此南夷谪②。闲依农圃邻③，偶似山林客④。晓耕翻露草，夜榜响溪石⑤。来往不逢人，长歌楚天碧⑥。

【注释】

①簪组：古时官吏的冠饰，此指做官。束：束缚。②南夷：指当时南方少数民族地区。谪（zhé）：贬官。③农圃（pǔ）：农园菜圃。④偶似句：意思是有时自己就仿佛是个山林隐逸之士。⑤榜（bàng）：划船。⑥楚天：永州古属楚地。

【赏析】

本诗是诗人被贬到永州后所作的反映谪居生活的诗。元和五年（810年），柳宗元被贬永州，在零陵西南游览时，发现了曾为冉氏所居的冉溪，因爱其风景秀丽，便迁居此地，并改名为愚溪。这首诗就是他迁居愚溪后所作。

本诗表面上似乎写的是诗人溪居生活的悠闲自在，然而细看则多是愤激反语，字里行间隐含着深深的郁闷和怨愤。如开首两句，诗意突兀，耐人寻味。贬官本来是一件不如意的事情，诗人却以反意着笔，说自己久在官场身受拘束，为做官所『束』，而以这次被贬南荒之地为『幸』事。实际上，这只是诗人含着痛苦的笑。

诗的中间四句是写谪居生活。诗人说自己有时闲依农园，有时遨游山林，晨翻露草，夜泛清江，对天长歌，与人无争，对不幸遭遇无所萦怀，心胸旷达。然而，诗人这里是有意美化自己的谪居生活，其中『闲依』『偶似』相对，看似有着强调闲适的意味。事实上，『闲依』包含着投闲置散的无聊，『偶似』则说明诗人并不真正具有隐士的淡泊、闲适。

末句『来往不逢人，长歌楚天碧』，写诗人独来独往，碰不到别人，仰望碧空蓝天，放声歌唱。诗人看似自由自在，无拘无束，但毕竟也太孤独了。这两句恰恰透露出诗人是强作闲适。这首诗的韵味也就在这些地方。清沈德潜说：『愚溪诸咏，处连蹇困厄之境，发清夷淡泊之音，不怨而怨，怨而不怨，行间言外，时或遇之。』这段评论是极为精妙的。本诗和诗人另一首名诗《江雪》一样，含蓄深沉，意在言外。

五言乐府

塞上曲

王昌龄

蝉鸣空桑林①，八月萧关道②。出塞入塞寒，处处黄芦草。从来幽并客③，皆共沙尘老。莫学游侠儿④，矜夸紫骝好⑤。

【注释】

①空桑林：叶子已然枯落的桑树林。②萧关：古时关中与塞北的交通要冲，在今宁夏固原东南。③幽并：幽州和并州，唐时皆属于边防之地。④游侠儿：指恃勇逞强、意气用事、常常惹是生非的人。⑤矜夸：骄傲自夸。紫骝（liú）：泛指骏马。

【赏析】

阴历八月的边塞风物，桑叶凋落，秋风鸣蝉；萧关道上征人远戍，大漠荒寒，处处枯草。来自幽州和并州的边关将士都在边塞沙场上度过一生。诗人劝告青年人，莫学那些整日矜夸紫骝宝马如何名贵的游侠儿，空自夸耀却不能为国出力御敌。全诗表现出了一种积极的人生观和价值观。

塞下曲

王昌龄

饮马渡秋水①，水寒风似刀。平沙日未没，黯黯见临洮②。昔日长城战，咸言意气高③。黄尘足今古，白骨乱蓬蒿④。

【注释】

①饮（yìn）马：给马喝水。②临洮（táo）：今甘肃岷县一带，是长城的起点。③咸：都。④蓬蒿：泛指野草。

【赏析】

这是一首以长城附近边疆为背景所作的乐府诗。诗人通过追忆开元二年（714年）唐将薛讷大破吐蕃的故事，展现了战争的悲烈残酷，流露出诗人强烈的反战思想。

诗的前四句勾画了一幅晚秋塞外落日沙漠的景致，写尽塞外荒凉。即使江水寒冷、秋风凛冽，在给战马饮完水后，大军便急匆匆地横渡秋水奔赴遥远边疆。广袤的沙地隐隐露出临洮，生动形象地展现出了秋季塞外的凄凉萧瑟。

诗的后四句追溯以往长城发生的战事，展现了战后的惨烈景象。长城在古代是军事要地，这里战争频发，古往今来，有不少爱国将士在这里以身殉国。长城内外黄沙滚滚，荒草丛中的列列白骨至今依稀可见，景象荒凉而悲壮。末句一个『乱』字，点明了将士们为国征战千里，最终却落得身死荒野，无人照管、掩埋、祭奠的凄惨下场。通过种种景象的展现，战争的残酷，不言自明。

诗人用语精简，以反衬烘托的笔法写景抒情，将战争的凄惨残酷展现得淋漓尽致。全诗弥漫着凄凉的气氛，秋水、寒风、黄尘、白骨、荒草无不尽显萧瑟肃杀之气，很好地烘托出了全诗意旨。本诗抒发了诗人对出塞军兵的同情、赞扬和对牺牲战士的哀悼，表现了诗人强烈的反战思想，极具穿透力，读来苍凉悲壮。

关山月

李白

明月出天山①，苍茫云海间。长风几万里，吹度玉门关②。汉下白登道③，胡窥青海湾④。由来征战地⑤，不见有人还。戍客望边邑⑥，思归多苦颜⑦。高楼当此夜，叹息未应闲。

【注释】

①天山：今甘肃祁连山，古时匈奴称天为祁连，故名天山。②玉门关：在今甘肃敦煌西，相传和田美玉经此传入中原，因此得名，古时为中原通西域的门户。③汉下句：指汉高祖刘邦亲率军与匈奴交战，被困白登山七日一事。④胡：指吐蕃。窥：窥伺。青海湾：即青海湖。唐军多与吐蕃交战于此。⑤由来：从来。⑥戍客：戍边的官兵。⑦苦颜：愁容。

【赏析】

一轮明月升起在峻伟的天山，出没于苍茫云海之间。浩荡长风掠过几万里，吹渡千古玉门雄关。历史上汉高祖用兵白登山征战匈奴，吐蕃觊觎青海河山，这里从古到今都是征战厮杀的地方，几乎看不到有人活着归还。戍边将士眼望着边地的城塞，思念起故乡，愁眉不展。他们家中的妻子在这个夜晚，也一定在闺楼上凭栏远眺，哀叹连连。

长干行

李白

妾发初覆额①，折花门前剧②。郎骑竹马来，绕床弄青梅③。同居长干里，两小无嫌猜。十四为君妇，羞颜未尝开。低头向暗壁，千唤不一回。十五始展眉④，愿同尘与灰。常存抱柱信⑤，岂上望夫台⑥。十六君远行，瞿塘滟滪堆⑦。五月不可触，猿声天上哀。门前旧行迹⑧，一一生绿苔。苔深不能扫，落叶秋风早。八月蝴蝶黄，双飞西园草。感此伤妾心，坐愁红颜老。早晚下三巴⑨，预将书报家。相迎不道远⑩，直至长风沙⑪。

【注释】

①初覆额：头发刚刚盖住额头。②剧：游戏。③弄青梅：指绕床追逐，投掷青梅嬉戏。④始展眉：意谓情感开始于眉宇间展露出来。⑤抱柱：《庄子·盗跖》载，尾生曾与一女子约会于桥下，女子不来，潮水至而尾生却不离开，抱梁柱溺死。此处喻坚贞。⑥岂上句：意谓何曾想到要到望夫台去期盼丈夫的归来。⑦瞿塘：即瞿塘峡，长江三峡之一，位于四川奉节县东。滟（yàn）滪（yù）堆：瞿塘峡入口处的大礁石。每逢水涨，滟滪堆便为水所淹没，常有船只触礁而沉。⑧旧行迹：指丈夫离家时在门口留下的足迹。⑨早晚：何时。三巴：指巴郡、巴东、巴西，均在今四川东部。⑩不道远：不说远，不辞劳苦。⑪长风沙：地名，距金陵七百里。

【赏析】

本诗为描写『商人妇』婚姻生活的叙事诗。诗歌以爱情为内容，通过商妇的自白，缠绵婉转地表达了她对在外经商的丈夫的思念和挚爱，也表现了她对待感情的执着。本诗人物形象鲜明完整，感情缠绵细腻，语言直白动人，格调清新悠远，属乐府佳作。其中，『青梅竹马』『两小无猜』成为描写男女幼时情意的成语。

开头六句，商妇追忆了与夫君『青梅竹马，两小无猜』的儿时情景。『十四为君妇』四句生动表现了商妇少女成婚时的娇羞，再现了两人新婚时的甜蜜情形。『十五始展眉』四句描写了两人婚后感情美满、恩爱有加的情形。『十六君远行』四句写丈夫远行经商后，商妇为之担惊受怕的心情。下八句写商妇深刻的相思。末四句写商妇期待夫君早回。这里，商妇对夫君热烈的爱、对见面的期待、心中隐藏的浓烈感情，都被诗人生动地表现了出来。

玉阶怨

李白

玉阶生白露，夜久侵罗袜。却下水精帘①，玲珑望秋月。

【注释】

①水精：水晶。

【赏析】

《玉阶怨》，见郭茂倩《乐府诗集》，属《相和歌辞·楚调曲》，与《婕妤怨》《长信怨》等曲，从古代所存歌辞看，都是专写『宫怨』的乐曲。

本诗表达了一位贵妇人因想念丈夫而产生的哀怨情绪。全诗极力突出主人公的一个『怨』字，而这『怨』的背后，是她对丈夫的一往情深，『怨』正道出了她对丈夫的深切思念和浓厚的感情。

开篇两句写贵妇人站在门外，注视着远方的路。夜色已深，露水渐重，即使露水已经将罗袜浸湿，但她依然伫立着，好像她思念的丈夫正从远处走来。这两句通过含蓄的语言，写出了贵妇人焦急的神态。

后两句表现贵妇人因想念丈夫而产生的缱绻情怀。『却下水精帘，玲珑望秋月』，迟迟不见丈夫归来，那皎洁的明月，似乎更增加了她的愁思，旧欢新愁一同涌上心头，使她备受煎熬。『却下』二字，是虚字却极传神，历来为诗家推崇。这种转折，似断实连；好像要一笔荡开，忘却愁怨，实际却更添愁绪，字少情重，直入幽微。『却下』，好像是无意下帘，其实饱含幽怨。本来夜、怨都深，无可奈何而入室。入室之后，又怕隔窗的明月照入室内，更显孤独，因此下帘。下帘之后，这凄清无眠的夜晚却更难度过，无可奈何之下，又去隔帘望月。这等忧思徘徊，恰如李清照的『寻寻觅觅、冷冷清清、凄凄惨惨戚戚』，如此微妙的思绪通过『却下』二字生动传神地表现出来。『却』字贯穿下文，可以理解为：『却下水精帘』『却去望秋月』。这两个动作之间，愁思转折反复，意蕴悠长。中国古代诗歌讲究『空谷传音』，就是如此。『玲珑』二字，看似漫不经心，实则功力深厚。用月之玲珑，衬托人之哀怨，对面着笔，远胜正面直叙。

纵观全诗，不见一『怨』字，但『怨』意却贯穿始终，哀怨溢于言表，但这种『怨』都是由『爱』引出，正是由于贵妇人对丈夫的一往情深，才使『爱』『怨』缠绵，感人至深。

列女操

孟郊

梧桐相待老①，鸳鸯会双死。贞妇贵殉夫，舍生亦如此。波澜誓不起②，妾心古井水。

【注释】

①梧桐：梧为雄树，桐为雌树。②波澜誓不起：意谓心中不会再起波澜。

【赏析】

梧桐相伴到老，鸳鸯不肯独活。夫君一亡，旧世贞烈女子便会以身殉夫，即使存活于世，也是心如古井之水，不会再起波澜。礼法令人殉则可怜，深情使人贞则可敬。本诗比喻贴切，清明如话，颇有民歌风味，让人过目不忘。

游子吟

孟郊

慈母手中线，游子身上衣。临行密密缝，意恐迟迟归。谁言寸草心①，报得三春晖②。

【注释】

①寸草心：小草的嫩心，比喻天下儿女之心。②三春晖：春日温暖的阳光，比喻母爱的温暖。

【赏析】

母亲的细针密线织就了游子身上的征衣，游子将要离家的时候，母亲会将衣服缝补得更加结实，以确保它们能帮游子抵挡风寒；她其实更希望游子能早早归来，那样她才能真正地放下心来。游子就像春天里的小草，母亲就像那无微不至的春晖。作者说：短短的小草，如何能报答得了春晖带给它的温暖和恩情？全诗短短数语，但从古至今感动了千万读者，是描写亲情难得的佳作。

长干行（其一）

崔颢

君家何处住，妾住在横塘。停船暂借问，或恐是同乡。

长干行（其二）

崔颢

家临九江水，来去九江侧。同是长干人，生小不相识。

【赏析】

长干曲是南朝乐府中『杂曲古辞』的旧题。这是组诗《长干行》四首的第一、二首。这两首诗恰如民歌中的对唱，前者是女青年天真无邪的问，后者是男青年厚实淳朴的答。一问一答，以白描手法，朴素自然的语言，刻画了一对经历相仿的男女，表达出同乡青年萍水相逢、『他乡遇故知』的喜悦之情。这两首诗虽然继承了前代民歌的遗风，但既不艳丽柔媚，又非浪漫热烈，却以素朴真率见长，写得干净健康，生动自然，为抒情诗中的上乘之作。第一首写女主人公的问。住在横塘的女主人公，离乡背井，水宿风行，孤零无伴，没有一个可与共语之人，在泛舟时忽闻乡音，自然倍感亲切。一个『君』字指出对方是男性。女子又不待对方答复，就急于用『妾住在横塘』五字点明了说话者的性别与居住，开篇就让女主人公出口问人，省掉许多叙事环节，单刀直入，停舟相问。诗人运用了倒叙手法，又用『停舟』二字，表明是水上的偶然遇合。而从她闻乡音而急于『停舟』相问的举止看，她的内心非常孤寂。寥寥二十字，诗人仅用问的口吻，就把女主人公的音容笑貌写得活灵活现。

第二首写男主人公的答唱。『家临九江水』是对第一首中『君家何处住』的答复；『来去九江侧』说明自己也是风行水宿之人。这里初步点明了两人的共同点。『同是长干人』中的一个『同』字把双方的共同点又加深了一层。末句诗人笔意一转，未说今日之幸而相识，却追惜往日之未曾相识。寥寥五字，流露出相见恨晚之情。

全诗具有浓郁的民歌风味，清脆洗练，玲珑剔透，语言朴素自然，极富魅力。

和张仆射塞下曲（其一）

卢纶

鹫翎金仆姑[1]，燕尾绣蝥弧[2]。独立扬新令[3]，千营共一呼。

【注释】

①鹫（jiù）翎：指用雕的羽毛做的箭羽。②蝥（máo）弧：旗名。③扬新令：挥旗下达新的命令。

和张仆射塞下曲（其二）

卢纶

林暗草惊风，将军夜引弓。平明寻白羽，没在石棱中。

和张仆射塞下曲（其三）

卢纶

月黑雁飞高，单于夜遁逃[1]。欲将轻骑逐，大雪满弓刀。

【注释】

①单（chán）于：本指匈奴的首领，此指入侵者。

和张仆射塞下曲（其四）

卢纶

野幕敞琼筵[1]，羌戎贺劳旋[2]。醉和金甲舞，雷鼓动山川[3]。

【注释】①野幕：设在野外的营帐。琼筵：丰盛精美的宴席。②羌戎：古时对西北少数民族的通称。③雷：通『擂』。

【赏析】塞下曲，乐府旧题，多写边地军事生活。这里收录了卢纶《和张仆射塞下曲》组诗六首中的前四首。诗人通过描写下令出征、将军骑射、月夜追击和庆祝凯旋等几个片段，连缀出边塞征战生活的全景，表现了守边军士的英勇威武。整组诗歌气势磅礴，摄人心魄，人物、情节、场面俱全，形象生动传神，风格雄浑豪迈。

第一首写营前将军发号施令的阵势。前两句通过详细描写士兵的箭羽、旗帜，来展现戍边将士军容威武，并为将军的出场做好铺垫；后两句写将军发布新令，士兵们一呼百应，呼声震天，来突出戍边将士军纪严明。诗人抓住壮烈的出征场面，字里行间充满豪迈的英雄气概，淋漓尽致地反映出众将士必胜的信念和乐观的精神。全诗读来令人热血沸腾。

相比第一首来说，第二首更为出名。本诗取材于汉代名将李广将军的事迹。据《史记·李将军列传》载，李广任右北平太守时，『广出猎，见草中石，以为虎而射之。中石没镞，视之石也。因复更射之，终不能复入石矣』。这首诗再现了当时的场景。诗人抓住『射石』这一绝妙典故，写出了李广将军的非凡武功。首句『林暗草惊风』，写将军在林中射猎。当时，天色已晚，阴风习习，密林野草簌簌而动。这一句不仅交代了射猎的时间、地点，而且渲染出一种异常紧张的气氛。右北平地区常有猛虎出没，深山老林正是猛虎的藏身之地，黄昏又恰是猛虎活动之时。诗人用一个『惊』字，让人自然联想到山中有虎，同时又暗示了将军敏锐的警惕性，为下文『引弓』做好铺垫。次句紧承上句，但是诗人并未写将军『射』，而只写将军『引弓』，言有尽而意无穷，给读者留下无限的想象空间。同时，这一句又写出了将军临险的从容与镇定，在『惊』之后，旋即搭箭开弓，动作敏捷有力、不慌不忙。这一句使将军的形象愈加鲜明，气势不凡。后二句笔锋急转，写将军『中石没镞』的奇迹。诗人将描述时间拉到翌日清晨，搜寻猎物，发现中箭者并非猛虎，而是蹲石。将军的箭竟然入石三分，『没在石棱中』。射虎急转直下成为射石，将军之功可见一斑，全诗的戏剧性也昭然若揭。

第三首写将军雪夜准备率兵追敌的壮举。前两句『月黑雁飞高，单于夜遁逃』，写的是敌军仓皇溃逃的情景。诗由写景开始，『月黑』，则茫无所见，点出这是一个漆黑的夜晚；『雁飞高』，则无迹可寻，表明四处寂静无声。这样的景，显然并非诗人眼中之景，而是意中之景。正是趁着这样一个天昏地黑、万籁俱寂的夜晚，敌军偷偷溜走了。寥寥五字，既交代了时间，又烘托了战前的紧张气氛。『夜遁逃』三字，暗示敌军已全线溃散。但他们趁夜逃跑的举动，还是被戍边将士发现了。『欲将轻骑逐，大雪满弓刀』，写我军准备出击追敌的场面。诗人以寥寥数字，描绘出一幅骑兵列队欲出，而大雪刹那间覆盖了弓刀的画面，有力地烘托出当时扣人心弦的紧张气氛，表现了众将士不畏艰苦，奋不顾身，连夜追击逃敌的英雄气概。但敌军是否被追回，诗中并未点明，而是给读者留下想象的余地，神龙见首不见尾，让人觉得意犹未尽。

第四首写将士们得胜庆功的场面。『野幕敞琼筵，羌戎贺劳旋』二句，苍凉而雄壮。将士们在野地营帐中，陈设筵席，连『羌戎』都光临庆功宴，恭贺将士凯旋。这二句不仅描绘出将士们获胜后热烈而又欢快的庆贺场面，又侧面反映了盛唐时期民族和睦的景象。后二句续写宴席之欢腾，将军醉酒，穿着金甲狂舞，而四周鼓声雷动，热烈欢腾的场面可想而知。全诗语言凝练，气氛活跃，耐人寻味。诗人大胆剪裁，巧妙构思，抓住典型环境与典型场景，才会写出如此精彩的佳作。

江南曲

李益

嫁得瞿塘贾，朝朝误妾期。早知潮有信，嫁与弄潮儿。

【赏析】

江南曲，乐府民歌旧题，《相和歌辞·相和曲》名，《江南弄》七曲之一。这是一首闺怨诗。在唐代，有两类以闺怨为题材的诗：思念远征的丈夫；嗔怨作为商人的丈夫。这种文学现象是有特定历史原因及社会背景的。唐代疆土辽阔，边境不宁，大量将士被派去戍守边疆；另外，唐代商业发达，长期在外经商的人日益增多。这两类人的妻子难免要独守空闺，寂寞度日。于是对应这种社会现象，出现了很多反映这类问题的文学作品。

经商的丈夫长年在外，行踪无定，独守空房的妻子寂寞孤独。极度苦闷中，她竟突发奇想：潮水总是准时起落，不会延误时间，当初还不如嫁给弄潮人。这既是无奈之语，也是情至之言，虽是荒唐之想，却又至情至理，正是妻子由盼生怨、由怨生悔的生动心理过程。诗人有意模仿民歌，以商妇的口吻、内心独白的方式表现了她候夫『未有期』的不幸命运和独守空闺的凄苦生活。

诗的前两句是白描，以商妇平淡朴实的口吻讲出了可悲可叹的事实，道破丈夫外出经商，自己独守空闺的孤寂。读者在这平实之中却得到了一种心灵的震撼。这是因为，事情本身就具有动人的感染力，表现手段愈平实，读者愈能清楚地看到事情真相。

后两句，诗人笔锋急转，语出惊人，以过人的想象力曲折而传神地表达了商妇的怨情。夫婿无信，而潮水有信，早知如此，应当嫁给能如潮守信的弄潮之人。这两句诗，看似轻薄荒唐，实则情真意切。其实，潮有信，弄潮之人未必有信，商妇宁愿『嫁与弄潮儿』，既是望夫不止的痴情语、天真语，也是苦语、无奈语。语言平实，不事雕饰，空闺苦，怨夫情，跃然纸上。从『早知』二字，可见商妇并非妄想他就，而是望夫不至之痴情痴语。

全诗运笔自然，逻辑严密。商妇由夫婿『朝朝』失信，而想到潮水『朝朝』有信，进而生发出所嫁非人的悔恨，细腻地展现了商妇的内心矛盾。

七言古诗

登幽州台歌①

陈子昂

前不见古人，后不见来者。念天地之悠悠，独怆然而涕下。

【注释】

①幽州台：战国时燕昭王为招纳天下贤才而筑的高台。

【赏析】

本诗为诗人登幽州台抒怀之作。幽州台，即蓟北楼，又名燕台，史传为燕昭王为招揽人才而筑的黄金台。这首诗感慨深沉，语言苍劲奔放，可谓千古绝唱。后人评价陈子昂只此一诗足以令其流芳百世，名传千古。

陈子昂具有过人的政治见识和政治才能，他直言敢谏，但却不被武则天采纳，屡受打击，心情郁郁悲愤，并曾一度因『逆党』株连而入狱。他不仅不能实现政治抱负，反而受到排挤，因此万般苦闷。当他登上幽州台远眺时，想到古时的君臣风光无比，自己却一生坎坷，顿时感到生不逢时，一股悲切之情油然而生。他忍不住潸然泪下，随即以『山河依旧，人物不同』来表达自己的不满，抒发了壮志难酬、没有知音、孤单无助的悲愤。

从内容上看，前两句，诗人俯仰古今，写出了时间的绵长。第三句，诗人凭楼眺望，写出了空间的辽阔。第四句，诗人描绘了自己孤单寂寞、悲哀苦闷的情绪。全诗拓开一片广阔无垠的时空。这无垠的时空与诗人茕茕孑立的身影两相映照，分外动人。本诗境界辽远，意境绵长，反映了诗人的高尚情操。从艺术手法上看，一句与二句，三句与四句各自形成鲜明的对比，将本诗的情感表达得更为强烈。这首诗虽然短小，但大气磅礴，意蕴深远，感情丰富，语言凝练，句式长短不一，音节变化多端，为不可多得的佳作。

古意

李颀

男儿事长征①，少小幽燕客②。赌胜马蹄下，由来轻七尺③。杀人莫敢前④，须如猬毛磔⑤。黄云陇底白云飞⑥，未得报恩不得归。辽东小妇年十五，惯弹琵琶解歌舞。今为羌笛出塞声，使我三军泪如雨。

【注释】

①事长征：从军远行。②幽燕：幽州和燕地，地址在今河北北部及辽宁一带，此处指代边塞。③轻七尺：轻性命。④杀人句：意谓厮杀时勇猛无敌，无人敢上前。⑤猬：刺猬。磔（zhé）：张立的样子。⑥陇：山地。

【赏析】

题为『古意』，表明是一首拟古诗。诗写戍边将士儿郎的铁骨柔肠。这些健儿都是少小离家从军，守卫在陇上黄云笼罩、内地白云纷飞的边地，拼杀在刀光剑影、血雨腥风的战场，以决断胜负为人生乐事，都立下誓言要报效君恩，轻忽生死，重于大义。然而一精于歌舞的辽东少妇用羌笛演奏了《出塞》一曲，就让三军将士泪如雨下，原来铮铮硬汉心中也深藏乡愁，只是平日里未被触动罢了。全诗语言顿挫有致，抒情跌宕起伏，可谓情韵并茂。

送陈章甫

李颀

四月南风大麦黄，枣花未落桐叶长。青山朝别暮还见，嘶马出门思旧乡。陈侯立身何坦荡，虬须虎眉仍大颡①。腹中贮书一万卷，不肯低头在草莽。东门酤酒饮我曹②，心轻万事如鸿毛。醉卧不知白日暮，有时空望孤云高。长河浪头连天黑，津吏停舟渡不得。郑国游人未及家③，洛阳行子空叹息④。闻道故林相识多，罢官昨日今如何？

【注释】

①大颡（sǎng）：宽大的额头。②我曹：我辈。③郑国游人：指陈章甫，陈章甫曾隐于嵩山，古为郑地。④洛阳行子：作者自指。

【赏析】

江陵人陈章甫罢官还乡，诗人作诗送别。时值仲春四月，枣花尚未凋落，桐叶已长得又密又长，和煦的南风吹起阵阵金黄的麦浪。陈章甫引马出门，准备归隐故园。诗人感念陈章甫的坦荡为人、堂堂仪表，叹其满腹经纶、博古通今，不甘于沦落草野却仕途坎坷、无所遇合的遭遇，惋惜同情之意透出字里行间。结尾处以试探口吻发问：听说你在家乡旧相识很多，只是不知道昨天罢了官，如今回去又是怎样的情形？关切之情颇为诚挚。本诗虽是送别诗，却不作愁词苦语，读来轻松活泼，别具一格。

琴歌

李颀

主人有酒欢今夕，请奏鸣琴广陵客①。月照城头乌半飞②，霜凄万木风入衣。铜炉华烛烛增辉③，

初弹渌水后楚妃④。一声已动物皆静，四座无言星欲稀。清淮奉使千余里⑤，敢告云山从此始⑥。

【注释】

①广陵客：魏末之嵇康曾作《广陵散》，此代琴艺高超的人。②乌半飞：乌鸦四散飞走。半：散。③华烛：雕有文采的蜡烛。④渌（lù）水、楚妃：皆为琴曲名。⑤清淮：淮河，李颀曾任新乡县尉，地近淮水。奉使：奉命前往为官。⑥敢告：斗胆敬告。云山：这里是归隐的意思。

【赏析】

本诗描写李颀在一次酒宴上听琴的情景。李颀有三首涉及音乐的诗，可和白居易、李贺等人的相关诗作相媲美。本诗写琴歌的特色是未对琴声做正面描写，而侧重环境烘托和气氛的渲染，以琴声一响万物皆静，四座无言，并引起诗人辞官归隐之念，突出表现了琴音的悦耳动听和神奇的感染力。

诗的开头两句写没有弹琴前，因饮酒而引出弹琴。

第三、四句写弹琴之前的夜晚景色：月亮照着城头，乌鹊空中纷飞，万木染遍寒霜，冷风吹透衣衫。诗人用描写屋外秋夜的清冷，反衬屋内华烛同燃的欢快氛围。

第五、六句写琴师刚开始弹琴时的情形：铜炉周围香气缭绕，华烛摇曳增辉，琴师先弹的《渌水曲》，后弹的《楚妃叹》。

第七、八句写琴曲的优美动听：琴声一响，万物都寂静无声了，在座之人都不再言语，一直弹到群星将稀。这些描写从侧面烘托了琴曲的动人魅力。这一成功的艺术表现方法对白居易的《琵琶行》影响很大，其中的『东船西舫悄无言，唯见江心秋月白』两句，看来即是从『一声已动物皆静，四座无言星欲稀』中化用来的。诗的末两句写诗人听完琴曲后，忽然产生了罢官隐居的念头，更进一步体现了琴曲的优美动人。《唐才子传》中说李颀『性疏简，厌薄世务』。后来，他果真罢官返乡归隐。

整首诗写时间、景色、琴声、人物，逐步深入，环环相扣，章法齐整，层次清晰。诗人描写琴声，主要运用反衬手法，令琴声显得更加美妙、动听。

听董大弹胡笳弄兼寄语房给事

李颀

蔡女昔造胡笳声①，一弹一十有八拍。胡人落泪沾边草，汉使断肠对归客②。古戍苍苍烽火寒③，大荒沉沉飞雪白④。先拂商弦后角羽⑤，四郊秋叶惊摵摵⑥。董夫子，通神明，深山窃听来妖精⑦。言迟更速皆应手，将往复旋如有情⑧。空山百鸟散还合，万里浮云阴且晴⑨。嘶酸雏雁失群夜，断绝胡儿恋母声⑩。川为静其波，鸟亦罢其鸣。乌孙部落家乡远⑪，逻娑沙尘哀怨生⑫。幽音变调忽飘洒，长风吹林雨堕瓦。迸泉飒飒飞木末⑬，野鹿呦呦走堂下⑭。长安城连东掖垣⑮，凤凰池对青琐门⑯。高才脱略名与利，日夕望君抱琴至⑰。

【注释】

①蔡女：蔡琰（蔡文姬）。传文姬于匈奴时曾作琴曲《胡笳十八拍》，也就是诗中的《胡笳弄》。②汉使：汉朝的使臣。归客：指蔡文姬。汉末，曹操曾遣使将蔡文姬赎归。③古戍：古代的边塞。④大荒：指塞外荒旷之地。⑤商弦、角羽：古以宫、商、角、徵、羽为五音。⑥摵（shè）摵：叶落声。⑦通神明两句：是说董大琴艺高妙，能感召神鬼。⑧言迟两句：意谓缓奏疾弹皆得心应手，手指往复旋按之间已奏出

心中款款真情。更：更换。⑨空山两句：形容琴声收纵如山中百鸟聚而又散，琴音清浊如浮云万里，且阴且晴。⑩嘶酸两句：形容琴声幽怨处如失群小雁的酸涩，又恰如文姬归汉与幼儿诀别时的凄伤。⑪乌孙：指汉江都王刘建女嫁乌孙国王昆莫事。⑫逻娑：唐时吐蕃首都（今西藏拉萨）。文成公主曾远嫁吐蕃。⑬迸：喷射。飒（sà）飒：形容水声。木末：树梢。⑭呦（yōu）呦：鹿鸣声。⑮东掖垣（yuán）：指门下省。房琯当时任给事中，属门下省。⑯凤凰池：亦称凤池，因接近皇帝而得名。此指中书省。青琐门：指宫门。⑰高才两句：是说房琯不重名利，只是希望每天能听到董大的琴声。

【赏析】

诗首不说董大而说蔡女，对《胡笳弄》的来由和艺术效果作了十分生动的叙述，而后顺势转入对董大用琴演奏《胡笳弄》的描写。从蔡女到董大，相隔数百年，一曲琴音，把二者巧妙地联系起来。感叹了董大高超精妙的演奏技艺，诗人又以秋叶、百鸟、浮云、雏雁、胡儿、河水、沙尘、长风、堕雨、山泉、野鹿所发之声，全方位地描写董大所奏琴声的美妙动人，表达了对他的赞慕之情。收束几句寄意房给事，含蓄地称赞他志趣高雅、品行高洁，同时也暗示董大遇到知音。

听安万善吹觱篥歌①

李颀

南山截竹为觱篥，此乐本自龟兹出。流传汉地曲转奇，凉州胡人为我吹。傍邻闻者多叹息，远客思乡皆泪垂。世人解听不解赏，长飙风中自来往。枯桑老柏寒飕飗②，九雏鸣凤乱啾啾。龙吟虎啸一时发，万籁百泉相与秋③。忽然更作渔阳掺④，黄云萧条白日暗。变调如闻杨柳春⑤，上林繁花照眼新⑥。岁夜高堂列明烛，美酒一杯声一曲。

【注释】

①觱（bì）篥（lì）：即筚篥，竹制乐器。②飕（sōu）飗（liú）：象声词，风雨声。③万籁：大自然的各种声音。④渔阳掺（càn）：鼓曲名，声节悲壮。⑤杨柳：指古曲《杨柳枝》，乐曲欢快活泼。⑥上林：指皇家花苑。

【赏析】

觱篥本是胡地乐器，凉州胡人安万善在南山截竹做觱篥，于除夕之夜为作者等人奏曲辞岁，曲声起处伤感凄凉，令在座之人乡情无限。

觱篥并非只能为凄凉之声，在技艺精妙的安万善的吹奏下，它发出抑扬顿挫、起伏变化的音调，忽而如寒风吹树飕飕作响，忽而如雏凤争鸣啾啾喧闹，如龙吟虎啸，似万籁泉鸣，沉郁悲壮时有如渔阳鼓曲，轻灵欢快时恰似杨柳古曲。

除夕之夜，高堂华烛，诗人与在座的两三知己深深地陶醉在安万善的觱篥声中，曲罢，他们饮上一杯酒，饮罢，他们邀安万善更奏一曲。

夜归鹿门山歌

孟浩然

山寺钟鸣昼已昏，渔梁渡头争渡喧①。人随沙岸向江村，余亦乘舟归鹿门。鹿门月照开烟树，忽到庞公栖隐处。岩扉松径长寂寥，惟有幽人自来去②。

【注释】

①渔梁：在襄阳东，离鹿门很近。《水经注·沔水注》载，『沔水中有鱼梁洲，庞德公所居』。②幽人：隐居之人，此指作者自己。

【赏析】

孟浩然家在襄阳城郊的岘山附近，汉江西岸。鹿门山则在汉江东岸，与岘山隔江相望，距离不远。汉末著名隐士庞德公因拒征而举家隐居鹿门山，从此鹿门山就成了隐逸圣地。孟浩然早先一直隐居岘山南园的家里，四十岁赴长安谋仕不遇，遍游吴、越数年后还乡，一心追随庞德公的行迹，在鹿门山寻一住处，故而题曰『夜归鹿门』，旨在标明这首诗是在歌咏归隐的情怀志趣。

鹿门，山名，在今湖北省襄樊市。前两句写傍晚江行见闻。诗人听着山寺传来黄昏报时的钟响，望见渡口人们抢渡回家的喧闹。这悠扬的钟声和嘈杂的人声，显出山寺之静和世俗之喧。两相对照，唤起读者联想，使诗人在船上闲望沉思的神情及潇洒超脱的风姿如在眼前。

三、四句写世人回家，而诗人离家前往鹿门。两样心情，两种归途，表现了诗人深谙隐逸之趣，悠然自得。

五、六句写诗人夜登鹿门山山路，在庞德公隐居之处，体会到隐逸之妙。『鹿门月照开烟树』，月光洒射给山树带来朦胧的美感，令人陶醉。诗人似乎不知不觉之间就来到归隐之地，然后恍然大悟：原来庞德公就是隐居在这里啊！这微妙的感受，亲切的体验，表现出浓厚的隐逸情趣和意境。诗人为大自然所融化，以至于忘乎所以。

金陵酒肆留别[1]

李白

风吹柳花满店香，吴姬压酒劝客尝[2]。金陵子弟来相送[3]，欲行不行各尽觞[4]。请君试问东流水，别意与之谁短长。

【注释】

①金陵：今江苏南京市。②吴姬：指吴地酒店侍女。压酒：压糟取酒汁。③子弟：年轻人，李白的朋友。④欲行不行：将走的人和不走的人。觞（shāng）：酒杯。

【赏析】

和风送暖，柳花轻扬，金陵酒肆，满店清香。当垆的姑娘捧上新酿出的美酒劝诗人品尝，一群与诗人交好的年轻人前来为他饯行。

诗人有感于金陵子弟对待自己的一片热诚，因而恋恋不舍。将行者和送行者一次次饮尽杯中之酒，深情厚谊，让诗人感到门外的长江也难以与之比较短长。

全诗语简而味浓，依依别情，含蓄其中。

庐山谣寄卢侍御虚舟

李白

我本楚狂人[1]，凤歌笑孔丘[2]。手持绿玉杖，朝别黄鹤楼。五岳寻仙不辞远，一生好入名山游。

庐山秀出南斗傍[3]，屏风九叠云锦张，影落明湖青黛光。金阙前开二峰长[4]，银河倒挂三石梁。香炉瀑布遥相望，回崖沓嶂凌苍苍[5]。翠影红霞映朝日，鸟飞不到吴天长[6]。登高壮观天地间，大江

茫茫去不还。黄云万里动风色，白波九道流雪山⑦。好为庐山谣，兴因庐山发。闲窥石镜清我心⑧，谢公行处苍苔没⑨。早服还丹无世情⑩，琴心三叠道初成⑪。遥见仙人彩云里，手把芙蓉朝玉京⑫。先期汗漫九垓上⑬，愿接卢敖游太清⑭。

【注释】

①楚狂人：陆通，字接舆，因楚昭王时政治混乱，故佯狂不仕。②凤歌：相传接舆经过孔子旁，歌曰：『凤兮凤兮，何德之衰。』劝孔子，世道衰败，不要做官。③庐山句：古以星宿指配地上州域，庐山一带正是南斗分野。④金阙：即金阙岩，在香炉峰西南。二峰：指香炉峰、双剑峰。⑤苍苍：天空。⑥吴天：庐山三国时为吴地。⑦九道：古说长江流到浔阳境而分九派。雪山：形容长江卷起的白浪。⑧石镜：庐山东有圆石，明净如镜。⑨谢公：指南朝的谢灵运，他曾于庐山作诗以记其游历。⑩还丹：道家仙丹。⑪琴心三叠：道家修炼内丹术语。⑫玉京：道家谓元始天尊之居处。⑬先期：预先约定。汗漫：广远、漫无边际。九垓：九天。⑭卢敖：秦始皇时的博士，秦始皇曾派他寻仙。太清：天空最高处。

【赏析】

诗人以兀傲癫狂、不齿入仕的楚人接舆自比，嘲笑孔子那样志在事君的人。他手持绿玉杖，早晨离开黄鹤楼，不辞遥远地走遍五岳访求神仙，顺由自己的爱好前去名山遨游。

庐山突出在南斗星旁，像屏风一样重叠的山峦隐映在彩云之间，山映水影呈现着青黑色的光。金阙岩前二峰雄立，三石梁瀑布有如银河倒挂，香炉峰瀑布遥遥相对，那里的重崖叠嶂上凌苍天。待到旭日初升，满天红霞与苍翠山色相辉映，山势高峻，鸟飞不到，更显得吴天宽广。长江浩荡东流，一去不返；万里黄云飘浮，天色瞬息变幻；茫茫九派，白浪滔滔如同层层雪山。

诗人爱作庐山歌谣，诗兴因庐山而激发，他从容自得地照照石镜，在长满青苔的山路上怀想谢公。他希望能够早些服食仙丹忘掉世情，并自认为学道已经初步成功。他仿佛看见手持芙蓉的仙人驾彩云飞向玉京，他愿意带着志同道合的朋友去畅游太空。

梦游天姥吟留别①

李白

海客谈瀛洲②，烟涛微茫信难求。越人语天姥③，云霓明灭或可睹。天姥连天向天横，势拔五岳掩赤城④。天台四万八千丈，对此欲倒东南倾⑤。我欲因之梦吴越⑥，一夜飞度镜湖月⑦。湖月照我影，送我至剡溪⑧。谢公宿处今尚在⑨，渌水荡漾清猿啼⑩。脚著谢公屐⑪，身登青云梯。半壁见海日⑫，空中闻天鸡⑬。千岩万转路不定，迷花倚石忽已暝⑭。熊咆龙吟殷岩泉⑮，栗深林兮惊层巅。云青青兮欲雨，水澹澹兮生烟⑯。列缺霹雳，丘峦崩摧。洞天石扉，訇然中开⑰。青冥浩荡不见底，日月照耀金银台⑱。霓为衣兮风为马，云之君兮纷纷而来下⑲。虎鼓瑟兮鸾回车⑳，仙之人兮列如麻㉑。忽魂悸以魄动，恍惊起而长嗟。惟觉时之枕席，失向来之烟霞。世间行乐亦如此，古来万事东流水。别君去兮何时还㉒，且放白鹿青崖间㉓，须行即骑访名山。安能摧眉折腰事权贵，使我不得开心颜！

【注释】

①天姥（mǔ）：山名，在今浙江新昌县东。②海客：来往海上的人。瀛洲：古以蓬莱、方丈、瀛洲为三座仙山。③越：指今浙江一带。天姥山唐时属越州。④拔：超越。掩：盖过。赤城：山名，在今浙江天

台县北。⑤天台两句：意谓天台虽高，但比起天姥，却像是低倾向东南。⑥我欲句：意谓日思游天姥，入夜则开始了梦游吴越。⑦镜湖：在今浙江绍兴。⑧剡（shàn）溪：在浙江省嵊州市南，曹娥江上游。⑨谢公宿处：南朝谢灵运游天姥，曾在剡溪投宿。⑩渌（lù）水：清澈的水流。⑪谢公屐（jī）：谢灵运为登山所特制的木屐。⑫半壁：半山腰。⑬天鸡：传说桃都山中有大树名桃都，上有天鸡，日出照此木，天鸡则鸣，天下之鸡皆随之鸣。⑭暝：天黑，黄昏。⑮殷（yǐn）：震动。⑯澹澹：水波荡漾闪动的样子。⑰列缺四句：意谓忽然间电闪雷鸣，山峰为之坍塌。仙洞石门，轰然大开。訇（hōng）然：即轰然。⑱金银台：神仙所居的金阙银台。⑲云之君：指神仙。⑳虎鼓瑟：老虎鼓瑟。鸾回车：鸾鸟拉车。㉑列如麻：言其众多。㉒别君句：李白作此诗时准备由东鲁下吴越，君指东鲁的友人。㉓白鹿：传说仙人常乘白鹿。

【赏析】

这是一首记梦诗，是李白的代表作之一。诗以写作者寻求仙境而不能得起兴，继而写因听说吴越之地有天姥山，山高势险，云霞明灭，或可与仙境媲美，因而于梦中寻去，并由此揭开了梦游天姥的序幕。诗人将神话传说与对山水的真实体验融为一体，尽脱现实时间、空间的拘羁，任由想象驰骋，为我们展开了一幅幅瑰丽奇幻、异彩纷呈的画面。虽是描写梦境，却真切自然、毫不做作，在渲染离奇诡谲的气氛上尤其出色。诗的末尾部分抒发了作者梦醒后的感想，既有对『世间行乐亦如此，古来万事东流水』的慨叹，又有对『且放白鹿青崖间，须行即骑访名山』的向往。然而情感最强烈的当属那『安能摧眉折腰事权贵』的反诘，其中寄托了他对现实的强烈不满和反抗，抒发了他对自由生活的热爱之情。

走马川行奉送封大夫出师西征①

岑参

君不见走马川，雪海边，平沙莽莽黄入天。轮台九月风夜吼②，一川碎石大如斗，随风满地石乱走。匈奴草黄马正肥，金山西见烟尘飞③，汉家大将西出师。将军金甲夜不脱，半夜军行戈相拨④，风头如刀面如割。马毛带雪汗气蒸，五花连钱旋作冰⑤，幕中草檄砚水凝⑥。虏骑闻之应胆慑⑦，料知短兵不敢接，车师西门伫献捷⑧。

【注释】

①封大夫：即唐朝名将封常清。②轮台：在今新疆米泉境内。③金山：即新疆境内的阿尔泰山。烟尘飞：指敌人进犯。④拨：碰撞。⑤五花连钱：毛色斑驳的良马。旋作冰：指马出的汗立刻凝结成冰。⑥草檄：起草讨敌文书。⑦虏骑：敌骑。⑧车师：唐北庭都护府所在。

【赏析】

岑参在担任安西北庭节度使判官时，为出兵西征的封常清写下了这首送行诗。本诗的笔触雄奇有力，描写边塞战斗生活的豪迈。

诗人开篇几笔描写了恶劣的环境，并用反衬的手法重点表现了边疆战士不畏困难、斗志昂扬的爱国情操。前三句没有一个『风』字，却恰切地抓住了风『色』：白天，狂风怒吼，飞沙走石，不见天日。接着三句从暗写转到明写，行军从白天进入黑夜。虽看不见风『色』，但能听见风声：狂风肆虐，一个『吼』字形象地突出了风势之大；石头被风吹得满地飞滚，一个『乱』字更是表现了风的狂躁。

下面，诗人通过虚写汉代军队与匈奴交战，来实写唐代军士对严寒的天气毫不畏惧，冒雪作战。草黄马壮之时，敌军开始进攻。『烟尘飞』是对报警的烽烟和敌军铁骑卷起的烟尘交织在一起的景象的描写，不仅渲染了战前的形势，也点明了唐军早有准备。通过典型的环境和细节描写，诗人描写了唐军的英勇：『夜不脱』写了将军的以身作则；『戈相拨』写大军夜晚疾行时的严整肃穆；『风头如刀面如割』则是描写边疆的寒冷，与前面对风的描写呼应，也是诗人对大军行进的感受。接下来的三句，诗人对马汗成冰、砚水冻结进行了细致的描摹，极力渲染了寒冷的天气、艰苦的环境和紧张的战前气氛，充分描写出军士们充满豪情的战斗精神。结尾三句，诗人断定敌人必定望风溃逃，预祝唐军凯旋。本诗文字流畅，自然天成。

白雪歌送武判官归京

岑参

北风卷地白草折，胡天八月即飞雪。忽如一夜春风来，千树万树梨花开。散入珠帘湿罗幕，狐裘不暖锦衾薄①。将军角弓不得控，都护铁衣冷难着②。瀚海阑干百丈冰③，愁云惨淡万里凝。中军置酒饮归客④，胡琴琵琶与羌笛。纷纷暮雪下辕门，风掣红旗冻不翻⑤。轮台东门送君去，去时雪满天山路⑥。山回路转不见君，雪上空留马行处。

【注释】

①衾（qīn）：被子。②着（zhuó）：穿。③瀚海：大沙漠。阑干：纵横貌。④中军：此指中军帐内。⑤风掣（chè）句：意谓红旗已然冰冻，风吹时也不再飘动。⑥天山：在今新疆境内。

【赏析】

西北边地，八月飞雪，雪降有如一夜春风忽起，好像是万树枝头梨花绽放。

边地的雪纷纷扬扬，雪花飘入珠帘，浸湿了罗幕，那份冰冻寒冷，让狐裘不暖，锦被嫌薄，将军的强弓被冻得拉不开，都护难以穿上护身的铠甲。无垠瀚漠，纵横的是百丈坚冰，天色惨淡，凝结着万里愁云。就是在这样的一天，作者的朋友武判官将要返京，大家为他在中军帐置酒饯行。在胡琴、琵琶与羌笛的合奏声中，他们依依惜别，难分难舍，直至傍晚雪势又盛。

作者于轮台东门送别武判官，他看到皑皑白雪早把山路覆盖，心中不禁为友人的前程担忧。当友人的身影终于消失在这雪暮的山回路转之中，他空望着雪地上友人远走的行迹，久久不肯离去……

丹青引赠曹将军霸

杜甫

将军魏武之子孙[1]，于今为庶为清门[2]。英雄割据虽已矣[3]，文采风流今尚存。学书初学卫夫人[4]，但恨无过王右军[5]。丹青不知老将至[6]，富贵于我如浮云。开元之中常引见[7]，承恩数上南薰殿。凌烟功臣少颜色[8]，将军下笔开生面。良相头上进贤冠[9]，猛将腰间大羽箭。褒公鄂公毛发动[10]，英姿飒爽来酣战。先帝御马玉花骢[11]，画工如山貌不同[12]。是日牵来赤墀下[13]，迥立阊阖生长风[14]。诏谓将军拂绢素，意匠惨淡经营中[15]。斯须九重真龙出[16]，一洗万古凡马空。玉花却在御榻上[17]，榻上庭前屹相向[18]。至尊含笑催赐金，圉人太仆皆惆怅[19]。弟子韩干早入室[20]，亦能画马穷殊相。干惟画肉不画骨，忍使骅骝气凋丧[21]。将军画善盖有神，必逢佳士亦写真。即今漂泊干戈际，屡貌寻常行路人[22]。途穷反遭俗眼白，世上未有如公贫。但看古来盛名下，终日坎壈缠其身[23]。

【注释】

①魏武：指魏武帝曹操。②清门：寒门。③英雄割据：指魏、蜀、吴三足鼎立。④卫夫人：东晋著名书法家。⑤王右军：指曾任右军将军的王羲之。⑥丹青句：意谓曹霸一生沉浸于笔墨丹青中而不知老之将至。⑦引见：由内臣引领应诏朝帝。⑧凌烟功臣：贞观十七年（643年）二月，唐太宗命画功臣像于凌烟阁。开元（713—741）时，玄宗曾命曹霸重画。少颜色：画的颜色因年久而暗淡。⑨进贤冠：唐代百官上朝时所戴的黑色礼冠。⑩褒公鄂公：指褒国公段志玄和鄂国公尉迟敬德。⑪玉花骢（cōng）：玄宗所乘骏马名。⑫画工句：意谓画工虽多，均不能得原马风神。⑬赤墀（chí）：皇宫内用红漆涂的台阶。⑭迥立：昂头屹立。阊（chāng）阖（hé）：本指天门，此代宫门。⑮意匠句：指曹霸苦心构思。⑯斯须：一会儿。真龙：神马。⑰玉花：指画中的玉花骢。却在：反在。⑱榻上句：意谓榻上马图和阶前真马两两相对，昂首屹立。⑲圉（yǔ）人：养马的马倌儿。太仆：掌管皇帝车马的官。惆怅：慨叹。⑳韩：玄宗时官太府寺丞，初以曹霸为师，后自成一派。入室：得师傅传授。㉑骅（huá）骝（liú）：骏马。㉒屡貌句：意谓曹霸罢官后，漂泊零落，甚至常常给路人画像为生。㉓坎壈（lǎn）：困顿。

【赏析】

诗从曹霸的家世写起，称赞他风流文采一脉相承，潜心研习书画而不慕富贵；继而回顾他奉旨再绘凌烟功臣和摹写玄宗爱骑玉花骢诸事，酣畅淋漓地展现出画家的高超技艺和辉煌过去。然而时过境迁，一代大师晚年非常落魄，作者以悲凉的笔调，满含同情地描述了曹霸因战乱流落民间后的艰苦生活、窘困境遇，抒发了对其遭遇的愤愤不平之情。结尾两句作慰藉语，说古来负盛名者多穷困失意，既是慰人，也是慰己。

古柏行

杜甫

孔明庙前有老柏，柯如青铜根如石①。霜皮溜雨四十围②，黛色参天二千尺③。君臣已与时际会，树木犹为人爱惜。云来气接巫峡长，月出寒通雪山白。忆昨路绕锦亭东④，先主武侯同閟宫⑤。崔嵬枝干郊原古⑥，窈窕丹青户牖空⑦。落落盘踞虽得地，冥冥孤高多烈风。扶持自是神明力，正直原因造化功。大厦如倾要梁栋，万牛回首丘山重。不露文章世已惊⑧，未辞翦伐谁能送。苦心岂免容蝼蚁⑨，香叶曾经宿鸾凤⑩。志士仁人莫怨嗟，古来材大难为用。

【注释】

①柯（kē）：树枝。②霜皮溜雨：指树皮白而润滑。③黛色：青黑色。④锦亭：杜甫在成都所建草堂的中庭名。⑤先主句：先主指刘备，成都的武侯庙附于先主庙。⑥崔嵬：高大貌。⑦户牖（yǒu）：窗户。⑧文章：指美丽的色彩。⑨苦心：柏心味苦。岂免：难免。⑩宿：栖宿。

【赏析】

杜甫晚年在夔州时作此诗，歌颂夔州武侯庙内的古柏。这些古柏枝似青铜，根似磐石，树干高大，因为诸葛亮与刘备的君臣情义千百年来为人称颂，所以它们也受到当地人的爱护。

诗人联想到多年以前居住过的成都，那里武侯祠中的古柏，一样的高大挺拔，有如神明扶持。它们不辞翦伐，愿意充当支撑大厦的栋梁，但因为过于巨大而不能被拖出山；看来它们虽然苦心独具，但终不免为蝼蚁所伤了。

古柏的身世正如许多志士仁人的身世，作者吟咏古柏，意在抒发『古来材大难为用』的愤慨之情。

石鱼湖上醉歌并序

元结

漫叟以公田米酿酒，因休暇，则载酒于湖上，时取一醉。欢醉中，据湖岸引，臂向鱼取酒，使舫载之，遍饮坐者。意疑倚巴丘酌于君山之上，诸子环洞庭而坐，酒舫泛泛然触波涛而往来者，乃作歌以长之。

石鱼湖，似洞庭，夏水欲满君山青①。山为樽，水为沼②，酒徒历历坐洲岛③。长风连日作大浪，不能废人运酒舫④。我持长瓢坐巴丘，酌饮四座以散愁。

【注释】

①君山：又名洞庭山，在洞庭湖中。②沼：池。③历历：一个个的。④废：阻止。

【赏析】

唐代宗时元结曾担任道州刺史。当时，他写了多首吟咏石鱼湖的诗作。他在《石鱼湖上作序》中写道：『漶泉南上有独石在水中，状如游鱼。鱼凹处，修之可以贮酒。水涯四匝，多欹石相连，石上堪人坐，水能浮小舫载酒，又能绕石鱼洄流，及命湖曰石鱼湖，镌铭于湖上，显示来者，又作诗以歌之。』另外，他还在诗里写道：『吾爱石鱼湖，石鱼在湖里。鱼背有酒樽，绕鱼是湖水。』

这首诗赞美了石鱼湖的美丽风光，表达了诗人无意于宦途进取，想要隐居的情怀。本诗开头以石鱼湖比作洞庭湖，以石鱼比做君山；随后，诗人描述了在石鱼湖与众友人把酒作乐的情景；最后，诗人抒发了大风浪也无法阻挡把酒作乐、借酒消愁的豪放情怀。本诗是乘兴之作，笔调清新，毫无拘谨之感，可见诗人旷达的胸怀和及时享乐的思想。整首诗自然率真，有民歌特色，蕴含着诗人丰富的想象力，颇有趣味。

山石

韩愈

山石荦确行径微①，黄昏到寺蝙蝠飞。升堂坐阶新雨足，芭蕉叶大支子肥②。僧言古壁佛画好，以火来照所见稀。铺床拂席置羹饭，疏粝亦足饱我饥③。夜深静卧百虫绝④，清月出岭光入扉。天明独去无道路⑤，出入高下穷烟霏⑥。山红涧碧纷烂漫，时见松枥皆十围⑦。当流赤足踏涧石，水声激激风生衣。人生如此自可乐，岂必局束为人鞿⑧。嗟哉吾党二三子⑨，安得至老不更归。

【注释】

①荦（luò）确（què）：形容山路的险峻不平。②支子：即栀子，常绿灌木，夏季开白花，有浓香。③疏粝（lì）：粗糙的饭食。粝：粗米。④百虫绝：指虫声已静。⑤无道路：指信步走在清晨的山谷中。⑥穷烟霏：走到烟雾深处。⑦枥：同『栎』。⑧局束：局促、拘束。⑨吾党二三子：与作者志趣相投的几个人。

【赏析】

作者沿着崎岖不平的山间小路行走，黄昏时到达了惠林寺。新雨过后，他坐在寺堂前台阶上闲看风景，看到大叶的芭蕉，肥硕的栀子。热情的寺僧向作者推荐寺中的壁画，让他大饱眼福，又为他整理床铺、端来斋饭，虽然简陋，但作者非常喜欢山中的夜，安静极了，甚至没有虫鸣。作者静卧在床上，看明月转出山岭，看门前一地的月光。第二天清晨，他又独自前往山间，饱览了火红山花、碧绿涧水的烂漫相映，领略了松树、栎树的高大挺拔，还光着脚过溪踏石，任清风穿过衣裳。

人生如此便可以快乐，作者于是不愿再去过仰人鼻息的幕僚生活，他宁愿在此，一直到老。

八月十五夜赠张功曹①

韩愈

纤云四卷天无河，清风吹空月舒波。沙平水息声影绝，一杯相属君当歌②。君歌声酸辞且苦，不能听终泪如雨。洞庭连天九疑高③，蛟龙出没猩鼯号④。十生九死到官所，幽居默默如藏逃⑤。下床畏蛇食畏药，海气湿蛰熏腥臊⑥。昨者州前捶大鼓⑦，嗣皇继圣登夔皋⑧。赦书一日行千里，罪从大辟皆除死⑨。迁者追回流者还，涤瑕荡垢清朝班。州家申名使家抑⑩，坎轲只得移荆蛮⑪。判司卑官不堪说⑫，未免捶楚尘埃间⑬。同时流辈多上道⑭，天路幽险难追攀⑮。君歌且休听我歌，我歌今与君殊科⑯：一年明月今宵多，人生由命非由他，有酒不饮奈明何。

【注释】

①张功曹：张署，河间人。②属（zhǔ）：劝酒。③九疑：即苍梧山，在今湖南宁远县内。从此句起至『天路幽险』句，皆是张功曹歌。④猩：猩猩。鼯（wú）：大飞鼠。⑤幽居句：意谓谪居荒僻之地，默默受苦有如罪犯藏逃。⑥下床两句：意谓下床常常怕蛇咬，吃饭时时怕中毒，近海地湿蛰伏着蛇虫，到处散发着腥臊之气。⑦州：指郴州衙署。⑧嗣皇：指唐宪宗。登夔皋：喻任用贤良。夔、皋是舜帝时的贤臣。⑨大辟：死刑。除死：免死。⑩州家句：意谓刺史已为我申报赦免，却被观察使所阻拦。⑪坎轲：坎坷。移荆蛮：指调往江陵任职。⑫判司：对诸曹参军的统称。⑬捶楚：鞭打。⑭上道：去往京城长安。⑮天路：指进身朝廷之路。⑯殊科：不为同类。

【赏析】

诗从中秋月色写起，继而援引张署悲歌，述说了贬谪之地自然环境的险恶，谪居生活的凄苦，谈到了此次大赦二人遇到的不公待遇，表达了对于黯淡前路的畏怯之情。

诗人既已借友人之口一吐心中郁愤，便只再自作三句歌词完结全篇，一句赞今宵月光最好最多，一句说人生有命，难以自己掌握，一句道有酒且醉，不管明朝如何。看似旷达，实则寄慨遥深。

渔翁

柳宗元

渔翁夜傍西岩宿①，晓汲清湘燃楚竹②。烟销日出不见人，欸乃一声山水绿③。回看天际下中流，岩上无心云相逐。

【注释】

①西岩：在湖南零陵县西湘江外。②燃楚竹：指烧竹煮水。③欸（ǎi）乃：行船时的摇橹声。

【赏析】

渔翁夜晚泊舟在西山脚下，早上汲清湘之水，燃楚竹为薪。当雾散日出时，他的小舟便已不见踪影，但青山绿水间却时而传来那清寥悠长的摇橹之声。此诗作于柳宗元被贬永州期间，写渔翁而意在自况，传寄出诗人萧然世外、悠游自适的洒脱情怀。结尾两句从渔翁角度写出：他驾小舟顺流而下，回望来处，只见西岩上白云浮动，好像在互相追逐。恬然意境，令人神往。

长恨歌

白居易

汉皇重色思倾国①，御宇多年求不得②。杨家有女初长成，养在深闺人未识。天生丽质难自弃，

一朝选在君王侧。回眸一笑百媚生，六宫粉黛无颜色。春寒赐浴华清池，温泉水滑洗凝脂。侍儿扶起娇无力，始是新承恩泽时。云鬓花颜金步摇，芙蓉帐暖度春宵。春宵苦短日高起，从此君王不早朝。承欢侍宴无闲暇，春从春游夜专夜。后宫佳丽三千人，三千宠爱在一身。金屋妆成娇侍夜，玉楼宴罢醉和春[3]。姊妹弟兄皆列土[4]，可怜光彩生门户。遂令天下父母心，不重生男重生女。骊宫高处入青云，仙乐风飘处处闻。缓歌慢舞凝丝竹[5]，尽日君王看不足。渔阳鼙鼓动地来[6]，惊破霓裳羽衣曲。九重城阙烟尘生，千乘万骑西南行。翠华摇摇行复止[7]，西出都门百余里。六军不发无奈何，宛转蛾眉马前死。花钿委地无人收[8]，翠翘金雀玉搔头[9]。君王掩面救不得，回看血泪相和流。黄埃散漫风萧索，云栈萦纡登剑阁[10]。峨嵋山下少人行，旌旗无光日色薄。蜀江水碧蜀山青，圣主朝朝暮暮情。行宫见月伤心色，夜雨闻铃肠断声。天旋地转回龙驭[11]，到此踌躇不能去。马嵬坡下泥土中，不见玉颜空死处。君臣相顾尽沾衣，东望都门信马归[12]。归来池苑皆依旧，太液芙蓉未央柳[13]。芙蓉如面柳如眉，对此如何不泪垂？春风桃李花开日，秋雨梧桐叶落时。西宫南内多秋草，落叶满阶红不扫。梨园弟子白发新，椒房阿监青娥老[14]。夕殿萤飞思悄然，孤灯挑尽未成眠。迟迟钟鼓初长夜，耿耿星河欲曙天。鸳鸯瓦冷霜华重，翡翠衾寒谁与共。悠悠生死别经年，魂魄不曾来入梦。临邛道士鸿都客[15]，能以精诚致魂魄[16]。为感君王辗转思，遂教方士殷勤觅[17]。排空驭气奔如电，升天入地求之遍。上穷碧落下黄泉，两处茫茫皆不见。忽闻海上有仙山，山在虚无缥渺间。楼阁玲珑五云起，其中绰约多仙子。中有一人字太真[18]，雪肤花貌参差是。金阙西厢叩玉扃[19]，转教小玉报双成[20]。闻道汉家天子使，九华帐里梦魂惊。揽衣推枕起徘徊，珠箔银屏迤逦开[21]。云鬓半偏新睡觉[22]，花冠不整下堂来。风吹仙袂飘飘举[23]，犹似霓裳羽衣舞。玉容寂寞泪阑干[24]，梨花一枝春带雨。含情凝睇谢君王[25]，一别音容两渺茫。昭阳殿里恩爱绝，蓬莱宫中日月长。回头下望人寰处，不见长安见尘雾。惟将旧物表深情，钿合金钗寄将去。钗留一股合一扇，钗擘黄金合分钿[26]。但教心似金钿坚，天上人间会相见。临别殷勤重寄词，词中有誓两心知。七月七日长生殿，夜半无人私语时。在天愿作比翼鸟，在地愿为连理枝。天长地久有时尽，此恨绵绵无绝期。

【注释】

①汉皇：指唐玄宗。②御宇：统御天下。③醉和春：醉意伴随着春意。④列土：分封领地。⑤凝丝竹：喻歌舞紧扣音乐声。⑥渔阳句：指安禄山在渔阳起兵叛乱。鼙（pí）鼓：中国古代军队中用的小鼓。⑦翠华：皇帝仪仗中用翠鸟羽毛作装饰的旗帜。⑧花钿（diàn）：花朵形首饰。⑨翠翘、金雀、玉搔头：均是杨贵妃所佩戴的钗簪。⑩云栈（zhàn）：高入云霄的栈道。剑阁：在今四川剑阁县东北大剑山、小剑山之间，为由陕入川的必经之路。⑪天旋句：指局势转变，玄宗还京。龙驭（yù）：皇帝的车驾。⑫信马归：任马驰骋而归。⑬太液：太液池。未央：未央宫。⑭椒房：后妃们住的地方。阿监：指宫中女官。⑮临邛（qióng）句：意谓来自蜀中，作客长安的道士。临邛：今四川省邛崃市。鸿都：汉宫门名，此指长安。⑯致魂魄：将灵魂招来。⑰方士：有道术的人。⑱太真：杨贵妃为女道士时号太真。⑲扃（jiōng）：门户。⑳转教：指请侍女通报。小玉、双成：指太真侍女。㉑珠箔：珠帘。迤逦开：谓层层敞开。㉒新睡觉：刚睡醒。㉓袂（mèi）：衣袖。㉔阑干：形容泪水横流的样子。㉕凝睇（dì）：凝视。㉖擘（bāi）：分开。

【赏析】

白居易的《长恨歌》是古典诗歌中的不朽之作，从它问世到现在一千多年的漫长岁月里，始终是传唱不衰，保持着极强的生命力。作者作此歌的初衷本是『惩尤物，窒乱阶，垂于将来』（《长恨歌传》），可以说是将《长恨歌》的主题定为了『耽色误国』，然而却在写作的过程当中为李、杨二人凄美的爱情故事所裹挟，不由自主地写出了这首千古绝唱。全诗将叙事、写景、抒情三者完美地结合在一起，将一幅幅浸透人间悲喜、饱含荣枯变化的画面展现在人们面前，动情讲述了一个朝代由盛而衰的历史，一位帝王由喜而悲的爱情，旷世的爱情与流传千古的佳句同样具有无穷魅力，超越了时空的阻隔和生命的极限，最终达到一种永恒的境界。

琵琶行 并序

白居易

元和十年，余左迁九江郡司马。明年秋，送客湓浦口，闻舟中夜弹琵琶者。听其音，铮铮然有京都声。问其人，本长安倡女，尝学琵琶于曹、穆二善才，年长色衰，委身为贾人妇。遂命酒，使快弹数曲。曲罢悯然，自叙少小时欢乐事，今漂沦憔悴，转徙于江湖间。余出官二年，恬然自安，感斯人言，是夕始觉有迁谪意。因为长歌以赠之，凡六百一十二言，命曰《琵琶行》。

浔阳江头夜送客，枫叶荻花秋瑟瑟。主人下马客在船，举酒欲饮无管弦。醉不成欢惨将别，别时茫茫江浸月。忽闻水上琵琶声，主人忘归客不发。寻声暗问弹者谁，琵琶声停欲语迟①。移船相近邀相见，添酒回灯重开宴。千呼万唤始出来，犹抱琵琶半遮面。转轴拨弦三两声②，未成曲调先

有情。弦弦掩抑声声思，似诉平生不得志。低眉信手续续弹，说尽心中无限事。轻拢慢捻抹复挑，初为霓裳后六幺[3]。大弦嘈嘈如急雨，小弦切切如私语[4]。嘈嘈切切错杂弹，大珠小珠落玉盘。间关莺语花底滑[5]，幽咽泉流水下滩。冰泉冷涩弦凝绝，凝绝不通声渐歇[6]。别有幽愁暗恨生，此时无声胜有声。银瓶乍破水浆迸，铁骑突出刀枪鸣[7]。曲终收拨当心画[8]，四弦一声如裂帛。东船西舫悄无言，唯见江心秋月白。沉吟放拨插弦中，整顿衣裳起敛容。自言本是京城女，家在虾蟆陵下住。十三学得琵琶成，名属教坊第一部。曲罢曾教善才服[9]，妆成每被秋娘妒[10]。五陵年少争缠头[11]，一曲红绡不知数。钿头银篦击节碎[12]，血色罗裙翻酒污。今年欢笑复明年，秋月春风等闲度。弟走从军阿姨死，暮去朝来颜色故[13]。门前冷落车马稀，老大嫁作商人妇。商人重利轻别离，前月浮梁买茶去[14]。去来江口守空船，绕船月明江水寒。夜深忽梦少年事，梦啼妆泪红阑干[15]。我闻琵琶已叹息，又闻此语重唧唧。同是天涯沦落人，相逢何必曾相识。我从去年辞帝京，谪居卧病浔阳城。浔阳地僻无音乐，终岁不闻丝竹声。住近湓城地低湿[16]，黄芦苦竹绕宅生。其间旦暮闻何物，杜鹃啼血猿哀鸣。春江花朝秋月夜，往往取酒还独倾[17]。岂无山歌与村笛，呕哑嘲哳难为听[18]。今夜闻君琵琶语，如听仙乐耳暂明。莫辞更坐弹一曲，为君翻作琵琶行。感我此言良久立，却坐促弦弦转急[19]。凄凄不似向前声，满座重闻皆掩泣。座中泣下谁最多，江州司马青衫湿[20]。

【注释】

①欲语迟：欲说还休。②转轴：转动琵琶上琴柱调音色。③霓裳：《霓裳羽衣曲》。六幺：曲名。④大弦、小弦：分别指琵琶上最粗的弦和最细的弦。⑤间关：象声词。形容婉转的鸟鸣声。⑥冰泉冷涩两句：

意谓琵琶声好像冰泉冷涩一样渐缓渐停，直至中断。⑦银瓶两句：形容琵琶声忽而铿然响起，如同银瓶迸裂水浆四溅，又如铁骑突出刀枪齐鸣。⑧拨：拨弦的用具。当心画：用拨当着琵琶的中心用力一划。⑨善才：善弹者。⑩秋娘：泛指歌妓。⑪缠头：唐时艺妓表演完毕，观者多以绫帛为赠，称为缠头。⑫钿头句：意谓欢乐时便以首饰击节打拍，以至于首饰常常断裂破碎。钿头银篦：两端镶有金玉花形的银篦子。⑬颜色故：姿容衰老。⑭浮梁：今江西景德镇市。⑮阑干：指泪水横流的样子。⑯湓（pén）城：在今江西瑞昌，临九江。⑰独倾：独酌。⑱呕哑、嘲哳（zhā）：形容声音杂乱刺耳。⑲促弦：拧紧琴弦。⑳青衫：唐官员品级最低的服色。

【赏析】

《琵琶行》是继《长恨歌》之后的又一部极为优秀的长篇叙事诗，是白居易谪居浔阳时所作。那一年的秋天，诗人于浔阳江头送别友人，主客正因宴席上缺少管弦相伴而无法畅饮，忽然被一阵从江上传来的琵琶声感动，于是逐音寻去，见到了本诗的女主人公，一位琴艺精湛却已年长色衰的琵琶女。

在作者细腻而深刻的笔下，她的情态声貌、举意动容无不透露着伤心人的矜持，她那时而幽婉、时而铿锵、高回低转的琵琶声中寄寓着无限心事，她关于自己身世的叙述，是对辉煌过去的追忆，是浮华过后的凄凉。而当这一切听在作者耳中，看在作者眼里，他终于不胜伤感，潸然泪下，发出了『同是天涯沦落人，相逢何必曾相识』的深沉叹息。全诗结构缜密，譬喻精妙，感情深挚；情节波澜起伏，时有绝处逢生之妙，而且诗中流传的千古佳句颇多，真是不朽名篇。

燕歌行 并序

高适

开元二十六年，客有从御史大夫张公出塞而还者，作《燕歌行》以示适。感征戍之事，因而和焉。

汉家烟尘在东北，汉将辞家破残贼①。男儿本自重横行，天子非常赐颜色。摐金伐鼓下榆关②，旌旗逶迤碣石间③。校尉羽书飞瀚海④，单于猎火照狼山。山川萧条极边土，胡骑凭陵杂风雨⑤。战士军前半死生，美人帐下犹歌舞。大漠穷秋塞草衰，孤城落日斗兵稀。身当恩遇常轻敌，力尽关山未解围。铁衣远戍辛勤久，玉箸应啼别离后⑥。少妇城南欲断肠，征人蓟北空回首。边庭飘飘那可度，绝域苍茫更何有？杀气三时作阵云，寒声一夜传刁斗⑦。相看白刃血纷纷，死节从来岂顾勋。君不见沙场争战苦，至今犹忆李将军。

【注释】

①残：凶残。②榆关：即今山海关。③碣石：古山名，在今河北省昌黎西北。④羽书：紧急军书。瀚海：大沙漠。⑤凭陵：侵扰。⑥玉箸：形容眼泪像玉制的筷子。⑦刁斗：古代军中白天来烧饭，晚上用来敲击巡更的铜器。

【赏析】

烽火起于东北边境，汉家大将告别家乡征讨敌寇。男儿生当纵横驰骋，再加上天子特别的激励和奖赏，所以汉将率领着大军，一路金鼓雷鸣。前方校尉快马传书，说匈奴单于正在狼山扬威耀武，战争因此而正式揭幕。在那偏远荒凉的边境上，战士们每每与狂风暴雨般袭来的匈奴铁骑拼死相搏，而汉将却沉迷在美人歌舞中。寒冷的边塞之秋来临了，能够作战的士兵越来越少，然而身受皇恩、大意轻敌的汉将却始终没能让敌人退去。可怜那些跟随他远征至此的战士，他们受尽艰苦，可怜战士们的妻子，她们望眼欲穿，肝肠寸断。短兵相接、血肉横飞，舍命拼杀的战士难道是为了功勋吗？让人伤感的是像飞将军李广一样的统帅已难寻觅。

七言乐府

古从军行

李颀

白日登山望烽火，黄昏饮马傍交河①。行人刁斗风沙暗②，公主琵琶幽怨多③。野营万里无城郭，雨雪纷纷连大漠。胡雁哀鸣夜夜飞，胡儿眼泪双双落。闻道玉门犹被遮，应将性命逐轻车④。年年战骨埋荒外，空见蒲桃入汉家⑤。

【注释】

①交河：在今新疆吐鲁番市西北。②刁斗：古代军中白天来烧饭，晚上用来敲击巡更的铜器。③公主句：指汉武帝时将江都王之女远嫁乌孙一事。④闻道两句：意谓已然出了玉门关就没有归去的道路，只能追随将领一同出生入死。⑤蒲桃：即葡萄。

【赏析】

在边塞，战士们白天登山守望烽火，黄昏又到交河边上让马儿喝水，那一路的风沙遮日，怕只有和亲的公主和经过那里的行人才有最深最真的体会。

边塞之地，渺无人烟，由军营四望，万里空旷，不见城镇；雨雪来时，纷纷洒洒连接着大漠。这样恶劣的环境，即便是生长在那里的胡人也常为之愁苦不堪。

威尊命贱，君王一声令下，将军踏上战车，士卒跟随在后，从此远征绝域，不得归路。若问年年战亡者的尸骨埋没在荒草之中到底换到了什么，换来的不过是一串串葡萄献入汉家宫廷。

诗文一句紧似一句，直到最后一句画龙点睛，旨在讽刺帝王好大喜功，穷兵黩武，视人民生命如草芥的行径。

洛阳女儿行

王维

洛阳女儿对门居，才可容颜十五余①。良人玉勒乘骢马②，侍女金盘脍鲤鱼③。画阁朱楼尽相望，红桃绿柳垂檐向。罗帏送上七香车，宝扇迎归九华帐④。狂夫富贵在青春⑤，意气骄奢剧季伦⑥。自怜碧玉亲教舞⑦，不惜珊瑚持与人⑧。春窗曙灭九微火⑨，九微片片飞花琐⑩。戏罢曾无理曲时，妆成只是熏香坐。城中相识尽繁华，日夜经过赵李家。谁怜越女颜如玉，贫贱江头自浣纱。

【注释】

①才可：恰好。②良人：丈夫。勒：马嚼子。骢马：青白杂色的马。③脍（kuài）：鲤鱼片。④宝扇：古代贵族出行时的遮蔽用具。⑤狂夫：古代妻自称其夫的谦辞。⑥剧：戏弄，轻视。季伦：晋石崇字季伦，以奢豪著称于世。⑦碧玉：此指洛阳女儿。⑧珊瑚：石崇曾以拥有珊瑚树大小多少与人斗富。⑨春窗句：意谓通宵欢娱，每每到清晨才熄灭灯火。九微：指珍贵的灯具。⑩花琐：指雕窗。

【赏析】

刚嫁入对门的洛阳女儿看上去也就十五有余，她的夫家富有。谈到出行，她的丈夫总是骑着佩饰华丽的高头大马，后面跟有托着美味佳肴的侍女，她则是出乘七香车，入则宝扇迎。丈夫年轻气盛，行为举止很像从前的富豪石崇，怜香惜玉的他会手把手地教洛阳女儿歌舞，意气用事的他喜欢与人斗富比阔，他在家时会通宵达旦地欢娱作乐，而当他不在家的时候，梳妆完毕的洛阳女儿便只能熏香闲坐，无所事事。至于夫家的交往，无不是豪门富户、公子王孙。

洛阳女儿早入豪门，尽享富贵奢华，然而在她的年纪，芳华绝代的西施姑娘却还在溪边浣纱，过着贫贱无闻的生活，人生的命运，有时竟是如此的不公。

老将行

王维

少年十五二十时，步行夺得胡马骑。射杀山中白额虎，肯数邺下黄须儿①？一身转战三千里，一剑曾当百万师。汉兵奋迅如霹雳，虏骑奔腾畏蒺藜②。卫青不败由天幸③，李广无功缘数奇④。自从弃置便衰朽，世事蹉跎成白首。昔时飞雀无全目⑤，今日垂杨生左肘⑥。路傍时卖故侯瓜⑦，门前学种先生柳⑧。苍茫古木连穷巷⑨，寥落寒山对虚牖⑩。誓令疏勒出飞泉⑪，不似颍川空使酒⑫。贺兰山下阵如云⑬，羽檄交驰日夕闻⑭。节使三河募年少⑮，诏书五道出将军⑯。试拂铁衣如雪色，聊持宝剑动星文⑰。愿得燕弓射大将⑱，耻令越甲鸣吾君⑲。莫嫌旧日云中守⑳，犹堪一战立功勋。

【注释】

①肯数：岂可只推。邺：曹操封魏王后都于邺。黄须儿：指曹操第二子曹彰，须黄而刚烈勇猛。②虏骑：指匈奴的骑兵。蒺藜：此指铁蒺藜，战地所用的障碍物。③卫青：汉代名将，屡败匈奴而建功。但卫青最初被封官是因为姐姐卫子夫受到汉武帝的宠爱，故本句说他『由天幸』。④李广无功：李广屡立奇功，但一生却坎坷不遇，终未封侯，故曰『无功』。缘：因为。数奇：命运不好。⑤飞雀无全目：形容射艺之精，

能使飞雀双目不全。⑥垂杨生左肘：指因为长时间不操弓箭而双肘僵硬。⑦故侯瓜：秦亡后，东陵侯召平曾在长安城东种瓜为生。⑧先生柳：晋陶渊明弃官归隐后，因门前有五株杨柳，自号『五柳先生』。⑨穷巷：深巷。⑩牖（yǒu）：窗户。⑪誓令句：东汉耿恭据守疏勒城，匈奴断其水源，耿恭于城中掘井而祈祷，后得水。⑫颍川空使酒：西汉颍阴人灌夫，为人刚直，好恃酒使气。⑬贺兰山：在今宁夏自治区内，唐代为战地。⑭羽檄：紧急军书。⑮节使：持有朝廷符节的使臣。三河：今河南一带。⑯诏书句：意谓诏令众将军分五路出兵。⑰星文：指剑上所嵌的七星文。⑱燕弓：燕地出产的劲弓。⑲耻令句：意谓以敌人甲兵惊动国君为耻。用春秋越国进犯齐国，雍门子狄认为战事惊动国君是自己的耻辱事。⑳莫嫌句：汉魏尚为云中太守时，匈奴不敢犯境。他曾因所缴敌首差六级被削爵，后来汉文帝遣冯唐持符节赦其罪，复其官职。

【赏析】

本诗塑造了一位昔日跃马疆场、后因年老而被停用的老将形象：他少年从军，骁勇善战，屡建奇功，却不曾得到朝廷尺土之封，老来还不得不以躬耕叫卖为生。然而虽遭如此冷遇，他的那颗志在杀敌报国、平定边土的壮心并不曾改变。每当烽火起时，他便会拂甲按剑，希望能够重到沙场，再立功勋。全诗用典虽多，却熔裁合度，极显磅礴气势，将老将的博大胸襟和不灭豪情烘托刻绘得淋漓尽致，同时反映出当时朝廷对于有功之士的薄恩寡义、刻薄无情。

行路难

李白

金樽清酒斗十千①，玉盘珍馐值万钱②。停杯投箸不能食③，拔剑四顾心茫然。欲渡黄河冰塞川，将登太行雪满山④。闲来垂钓碧溪上⑤，忽复乘舟梦日边⑥。行路难，行路难，多歧路，今安在。长风破浪会有时⑦，直挂云帆济沧海。

【注释】

①斗十千：一斗酒值十千钱。②珍馐（xiū）：名贵的菜肴。③箸：筷子。④太行：太行山。⑤闲来句：相传姜子牙遇到周文王前曾在溪边垂钓。⑥忽复句：相传伊尹受商汤聘用之前，曾梦乘舟过日月之边。⑦长风句：南朝宋宗悫曾言志说：『愿乘长风破万里浪。』

【赏析】

有金樽盛着的清洌佳酿，有玉盘盛着的珍贵菜肴，然而诗人举杯又住，欲食又停，撂下筷子，起身拔剑四顾，心绪茫然。世路艰难，诗人来到长安施展抱负，无奈欲渡黄河却有河冰相阻，欲登太行却看到白雪满山，起初的踌躇满志变成了如今的惆怅失意。他也曾神游在远古时代吕尚和伊尹先抑后扬的经历中，想要以前人事迹作为慰藉和自勉，但神游归来，现实却使他转而大声疾呼：行路难！歧路多！今后的道路又在哪里？

愤懑则愤懑矣，诗人并没有失去信心，因为他坚信总有一天会乘风破浪、纵横江海。

将进酒

李白

君不见黄河之水天上来，奔流到海不复回。君不见高堂明镜悲白发，朝如青丝暮成雪。人生得意须尽欢，莫使金樽空对月。天生我材必有用，千金散尽还复来。烹羊宰牛且为乐，会须一饮三百杯①。岑夫子，丹丘生②，将进酒，杯莫停。与君歌一曲，请君为我倾耳听。钟鼓馔玉不足贵③，但愿长醉不复醒。古来圣贤皆寂寞，唯有饮者留其名。陈王昔时宴平乐④，斗酒十千恣欢谑⑤。主人何为言少钱，径须沽取对君酌⑥。五花马⑦，千金裘⑧，呼儿将出换美酒，与尔同销万古愁。

【注释】

①会须：正应当。②岑夫子、丹丘生：指岑勋和元丹丘。二人都是李白的朋友。③钟鼓馔玉：泛指豪门的奢华生活。钟鼓：指富贵人家宴会时使用的乐器。馔玉：精美的饭食。④陈王：指曹操之子曹植，曹植曾被封为陈王。⑤恣（zì）：尽情。⑥径：直接地。⑦五花马：毛色呈五种花纹的良马。⑧千金裘：价值千金的皮衣。

【赏析】

全诗融入了李白自长安放还以来胸中的诸多感慨，真实反映了他当时复杂而矛盾的思想感情，不但有对于时光易逝、人生苦短的慨叹，有对于人生应当及时行乐、放情言欢的强调，也有『天生我材必有用』的自我肯定，以及对于『古来圣贤皆寂寞』的悲愤。这种种情感与愁绪的宣泄都是围绕『酒』字展开，诗人在酒中找到了解脱苦闷的方法，满腔的激愤也终于在此畅饮时刻得以喷薄而出。从他这种无所节制、恣意纵情的豪饮当中，我们能够深深感受到他内心难以言状的无奈和痛苦，并且为他哀而不伤、悲而能壮的洒脱情怀所打动。

兵车行

杜甫

车辚辚①，马萧萧②，行人弓箭各在腰。爷娘妻子走相送③，尘埃不见咸阳桥。牵衣顿足拦道哭，哭声直上干云霄④。道旁过者问行人，行人但云点行频⑤。或从十五北防河⑥，便至四十西营田⑦。去时里正与裹头⑧，归来头白还戍边。边庭流血成海水，武皇开边意未已⑨。君不闻汉家山东二百州，千村万落生荆杞⑩。纵有健妇把锄犁，禾生陇亩无东西⑪。况复秦兵耐苦战⑫，被驱不异犬与鸡。长者虽有问，役夫敢申恨⑬？且如今年冬，未休关西卒⑭。县官急索租，租税从何出？信知生男恶⑮，反是生女好。生女犹得嫁比邻，生男埋没随百草。君不见青海头⑯，古来白骨无人收。新鬼烦冤旧鬼哭，天阴雨湿声啾啾。

【注释】

①辚（lín）辚：车行时发出的咯咯的声音。②萧萧：形容马的嘶鸣声。③妻子：妻子和儿女。④干：犯，冲。⑤点行：按丁口册强制点征入伍。⑥北防河：黄河以北设防。⑦营田：即屯田，士兵们不作战时垦荒种田。⑧里正：即里长，管理户口、赋役等事。与裹头：替被征者裹头巾。因应征者年龄尚小，所以由里正替他裹头。⑨武皇：汉武帝，他在历史上以开疆扩土著称。此处喻唐玄宗。⑩荆杞：即荆棘。⑪无东西：指庄稼长得不成行列。⑫秦兵：来自秦地的兵士。⑬役夫：被征集的士兵。⑭未休句：指因连年交战，关西的士兵不能回家。⑮信知：真的明白。⑯青海：青海湖，唐和吐蕃多交战于此。

【赏析】

诗从父母妻子送征人上路的一幕写起，极言送别场面的凄惨悲恸。就是因为诸多的壮年男子被强征入伍，千家万户因此而失去了家中的顶梁柱，农村中形成了『千村万落生荆杞』的局面，何况官府税赋日重。既然男儿的结局总是战死沙场、埋尸荒野，所以民间流传着『反是生女好』的歌谣。作者以对青海古战场凄惨景象的描写完结全篇，沉痛抒发了对朝廷穷兵黩武行为的愤慨，以及对广大人民所遭受苦难的同情。

五言律诗

经邹鲁祭孔子而叹之

唐玄宗

夫子何为者①，栖栖一代中②。地犹鄹氏邑③，宅即鲁王宫④。叹凤嗟身否⑤，伤麟怨道穷⑥。今看两楹奠⑦，当与梦时同。

【注释】

①夫子：对孔子的尊称。何为者：为了什么。②栖栖：忙碌不安的样子。③鄹（zōu）：春秋鲁国地名，孔子家乡。④宅即句：相传汉鲁恭王刘余（景帝子）曾欲平孔子旧宅以广其宫，开工时闻金石丝竹之音，于是不敢再进行。⑤叹凤句：《论语·子罕》有『凤鸟不至，河不出图，吾已矣夫』之语，是孔子在叹息自己生不逢时。否（pǐ）：蹇涩，不顺利。⑥伤麟：相传鲁哀公十四年，狩猎获麒麟，孔子闻之而叹曰：『吾道穷矣』。⑦两楹奠：孔子曾经梦见自己坐于两楹之间受人祭奠。两楹：指祭殿前的两根立柱。奠：致祭。

【赏析】

诗为唐玄宗做太子时过鲁祭孔而作。诗中感叹孔子一生的栖栖不遇，『叹凤嗟身否，伤麟怨道穷』二句写孔子一生对于理想孜孜不倦地追求和现实中他所遭逢的诸多坎坷，让人联想起孔子『知其不可为而为之』的用世精神。结尾二句，意谓现在作者前来致祭，祭奠的礼制正和孔子生前的梦想相同，表达了玄宗对孔子的崇敬之情。

望月怀远

张九龄

海上生明月，天涯共此时。情人怨遥夜①，竟夕起相思②。灭烛怜光满，披衣觉露滋③。不堪盈手赠④，还寝梦佳期⑤。

【注释】

①情人：有情之人。遥夜：长夜。②竟夕：整夜。③灭烛两句：意谓灭去蜡烛而见月光明亮；夜凉披衣，但觉夜露滋于衣上。④盈手赠：双手捧起来赠予你。⑤还寝：重新睡下。梦佳期：于梦中得到与你相会的佳期。

【赏析】

这是一首月夜怀人之作，描写明月夜相思的情景，抒写诗人怀念亲友的深情，情深意切，细腻入微，历来被人传诵。需要说明的是，诗中的『相思』『佳期』等指怀念人世间常有的感情，不能狭隘地理解为爱情。

诗的首联高华浑融，『海上生明月，天涯共此时』为千古佳句，意境雄浑豁达。『一望无际的大海上升起一轮明月，令人想起了远隔千山万水的友人，第一句是写景，第二句则是因景生情。隔千里兮共明月』的句子有异曲同工之妙，只是显得更自然流畅、不事雕琢，意境也就更加恢宏。第一句写『望月』，第二句写『怀远』，两句均紧扣诗题，看上去却不着痕迹。

颔联直抒胸臆，表达诗人对远方友人的殷切思念。『情人』，可指多情的人、有怀远情思的人，此处是诗人自称；『遥夜』指长夜；『竟夕』意为通宵。诗人想念远方好友，竟至于通宵不眠，还因此埋怨起夜太漫长。本诗是一首五言律诗，律诗严格要求颔联和颈联的对仗。这一联是流水对，浑然天成，颇具美感。亲朋好友，此时此刻他们也与我观赏着同一轮明月。这两句诗颈联紧承颔联，详细描述了诗人难以入眠的情形，生动形象，很是传神。『怜』，意为爱怜、怜惜；『滋』，打湿之意。第五句写诗人在房间徘徊，熄灭蜡烛后见到地上铺满银色的月光，不禁生出爱怜之意；第六句写夜色深沉，诗人独自在庭院流连，感觉到露水打湿了披着的衣裳。本联对仗工整，细致入微。

尾联进一步表达了诗人对友人的深情厚谊。『不堪』，指不能；『盈手』，满手之意；『佳期』，指重聚之日。这两句诗意为：我无法手捧月光送给千里相隔的亲友，只盼望在梦中与你们相会。此处化用陆机《拟明月何皎皎》中『照之有余辉，揽之不盈手』一句的诗意，加以升华，表达出了缠绵不绝的情思。

全诗描写层层深入不紊，语言明快铿锵，意境清新，寄兴深远，细细品味，甚是动人。

送杜少府之任蜀州①

王勃

城阙辅三秦②，风烟望五津③。与君离别意，同是宦游人④。海内存知己，天涯若比邻。无为在岐路⑤，儿女共沾巾。

【注释】

①少府：县尉。之任：赴任。②辅：环抱。三秦：项羽灭秦后，分秦之旧地为雍、塞、翟三国，统称『三秦』。③五津：指岷江的五大渡口，即白华津、万里津、江首津、涉头津、江南津，皆在蜀中。④宦游人：出外做官之人。⑤无为：不要。岐路：分岔路口，古人送行常至路的岔口而分手。『岐』同『歧』。

这是王勃在长安送别一位到蜀地任县令的杜姓朋友时所作的抒情诗，为赠别名篇。

【赏析】

诗的首联写景，对仗工整，气象壮阔，生动地写出了送别时的环境。当时诗人在长安做官，他要送好友杜少府赴蜀地任职。两人一同出长安城，来到分手之处，心中有千言万语，却无从说起。诗人只好借浏览周围的景致来克制自己的情绪。『城阙辅三秦』，写长安的城垣、宫阙被广阔无边的三秦大地所『辅』（护卫），气势恢宏；『风烟望五津』，『五津』指岷江的五大渡口，泛指川西岷江流域，句意为自长安遥望蜀川，视线被茫茫的风烟所阻隔，什么都难以分辨。秦地和蜀地万里相隔，诗人用一个『望』字就将两地巧妙地联系起来，实在是妙笔。另外，『风烟』二字也暗示出路途遥远，行路艰难，表达了诗人对朋友的关切。颔联以散调承之，文情跌宕。『与君离别意』承首联写惜别之感，诗人欲吐还吞。『同是宦游人』是诗人的宽慰之词，指出了与朋友分别的必然性。正所谓千里搭长棚，天下无不散之筵席，朋友之间不管情谊多么深长，都不可能始终相聚，总有一天会因各种原因面临别离。而对诗人和杜少府来说，分别的原因就是『同是宦游人』。两人都是朝廷命官，都要遵守王命、忠于职守，命令一来，自然就要各奔东西。但是，不管距离多远、分开多久，朋友间的深情厚谊是不会有所改变的。颈联更进一步，奇峰突起。诗人一方面强调友谊的真诚与持久，另一方面也鼓励友人乐观地对待人生。这两句诗含义绵长，是全诗的核心，展现出诗人的宽广胸襟和远大志向，也使两人深厚的友情得以升华。人们称惺惺相惜的朋友为『知己』，知己有时在身边，有时却在天南地北。然而不论空间的距离多远，时间过去了多久，知己间的情谊是不可动摇的。同时，决不能狭隘地认定『知己』仅此一人：天下之大，到处都有与自己志同道合之人，也时时可能跟他们成为朋友。怀着这样的认知送别友人就不会感到凄凉落寞，反而会产生一种奋发向上的心态，对前路充满信心。尾联紧接上联，诗人不仅点明『送』的主题，而且继续劝勉朋友：『无为在岐路，儿女共沾巾。』『在岐路』，点出题面『送』字。岐路者，岔路也，古人送行，常至大路分岔处分手，所以往往把临别称为『临岐』。诗人语重心长，力劝朋友在道别之时，千万莫像孩童，悲伤难忍，泪水涟涟，甚至拿出手帕来擦眼泪，而是要充满信心，乐观积极地走向新的生活。本诗格调高妙，难以超越，实在不愧为千古佳作。

在狱咏蝉

骆宾王

西陆蝉声唱①，南冠客思深②。不堪玄鬓影③，来对白头吟④。露重飞难进，风多响易沉。无人信高洁，谁为表予心⑤？

【注释】

①西陆：秋天。②南冠：此为囚徒之意。《左传·成公九年》载：『晋侯观于军府，见锺仪，问之曰：「南冠而絷者谁也？」有司对曰：「郑人所献楚囚也。」』③玄鬓：魏宫人莫琼树所制蝉鬓，缥缈如蝉翼。④白头吟：汉司马相如发迹后对卓文君爱情不专，文君作《白头吟》给相如，中有『愿得一心人，白头不相离』句，作者此处引来喻自己对国家的一片赤诚被辜负。⑤予：我。

【赏析】

本诗是骆宾王在狱中所作，抒发了诗人被朝廷冷落、贬黜入狱后的悲愤心情。

首联以蝉声开篇，描写秋末冬至，生命即将走到尽头的蝉的凄凉鸣声。听到此音，身陷囹圄的诗人不禁感怀、伤情。此联对仗严谨，音律优美。颔联『不堪』与『来对』相互呼应，诗人由蝉的现状联想到自己，表达了内心的伤感和对朝廷黑暗的愤懑。『白头吟』是古时乐府佳作，描写一名被爱人抛弃的女子的哀怨心情，表现了她对爱情专一的渴望。诗人以此自喻，表明自己屡次被贬，仕途坎坷，黑发渐渐斑白的凄凉现状。诗人在狱中看到窗外的秋蝉仍是『玄鬓』，对比之下难免伤感。多年来，诗人为成就功业劳碌奔波，刚刚升任侍御史却再次遭人陷害，抑郁之情油然而生。

颈联看似说蝉，却也是托物言己，把诗人多年来的坎坷经历全然呈现。整句运用多处比喻，『露重』『风多』即周遭事物的不尽如人意；『飞难进』是对诗人难以在官场有所作为的描写；『响易沉』暗喻诗人的观点看法受到打压。结尾以一句设问点明，虽拥有蝉的高洁品质，但却含冤入狱，诗人的怨愤跃然纸上。整首诗流畅自然，比喻精妙，托物言志，寓意深远，是咏物诗中的佳作。

杂诗

沈佺期

闻道黄龙戍①，频年不解兵②。可怜闺里月，长在汉家营。少妇今春意，良人昨夜情③。谁能将旗鼓④，一为取龙城⑤。

【注释】

①闻道：听说。黄龙戍：即黄龙冈，今辽宁开原北，唐时边防要地。②不解兵：战事不断。③良人：丈夫。④将：持。⑤一为：一举。龙城：匈奴祭天处，此处泛指侵略者的大本营。

【赏析】

本篇为沈佺期的代表作之一，写因边事长年不息而导致的夫妇离别的相思之苦。丈夫戍守边关，妻子独守空闺，这是唐诗描写的夫妻生活常见的一幕，诗中说『频年不解兵』，更可以想见他们分离时间之长和相见之日的遥遥无期。于是每逢月明之时，便有万千妻子、征人对月伤怀，因为只有这悬挂于中天的月儿，见证了夫妻往昔生活的和谐美满，见证着望月之人的苦苦相思。

少妇又是一春的刻苦思念，犹如丈夫夜夜不断的无限深情，而情到浓时，则化为一句由衷的祝愿：愿朝廷早日派遣良将荡平胡虏，使我大唐能得长治久安，使我夫妇终能团圆。全诗借写思妇的内心感受而道出了战争给人们带来的巨大痛苦，寄托人们对于战争早日结束的深切期望，以小而言大，可谓别具新意。

题大庾岭北驿①

宋之问

阳月南飞雁②，传闻至此回。我行殊未已，何日复归来。江静潮初落，林昏瘴不开③。明朝望乡处，应见陇头梅④。

【注释】

①大庾岭：位于今江西大庾，山岭多梅花，又名梅岭。古人以此岭为南北的分界，有十月北雁南飞至此而止的说法。②阳月：阴历十月。③瘴不开：指林中瘴气弥漫，一片迷蒙。④陇头：岭头。南朝陆凯曾有诗云：『折梅逢驿吏，寄与陇头人。江南何所有，聊赠一枝春。』

【赏析】

诗为宋之问流放钦州，途经大庾岭北驿时所作。古时有鸿雁南飞至大庾岭而折回的说法，诗人身临此地，感叹鸿雁尚可至此折回，而自己的行程还远没有结束，什么时候能够回到家乡更不可知，心中因而悲伤不已。江潮初落，江水安静下来，树林瘴气缭绕，昏昏然让人徒增愁苦。作者想到明天登岭望乡时，应能看见大庾岭上早开的梅花，他想起南朝陆凯托信差把自己折的梅花送给家乡亲友的故事，不禁也要以同样方式寄走自己的思乡之情。

次北固山下①

王湾

客路青山下，行舟绿水前。潮平两岸阔，风正一帆悬②。海日生残夜，江春入旧年。乡书何处达？归雁洛阳边③。

【注释】

①次：停泊。北固山：在今江苏镇江市北，三面临水。②风正：风顺。③归雁句：古人相信大雁能传书，所以作者希望大雁能把家书带回故乡（作者故乡在洛阳）。

【赏析】

本诗是诗人旅途思乡之作。诗人以准确精练的字词描写冬末春初时，他在北固山下远眺所见到的壮丽之景，抒发了深深的思乡之情。全诗写景鲜明，风格壮美。诗题中的『次』是停歇的意思，此处指船停泊。『北固山』在今江苏镇江市北，三面临江，地势险固。

诗以对偶句开篇，自然工巧，令人耳目一新。诗人乘舟，沿着『客路』在『绿水』中前行，两边皆是茫茫青山。本联先写『客路』，后写『行舟』，已在字里行间流露出诗人身在江南、怀念家乡的羁旅之思，同时也与尾联的『乡书』『归雁』遥相呼应。

颔联写诗人江上行船，情景恢宏阔大。春潮暴涨，江水茫茫，诗人远远望去，江面似乎已经齐岸，极大地拓宽了行舟上人们的视野。『潮平两岸阔』一句颇有气势，下句『风正一帆悬』则更显精彩。『正』字兼有『顺』『和』二意。诗人以『风正』代『风顺』，暗示了『风顺』是无法保证『一帆悬』的，只有既是顺风，又是和风之时，帆才能够『悬』。

颈联写拂晓行船的情景。『日生残夜』『春入旧年』，都暗示了时光流逝，而且是匆匆忙忙、迫不及待，不禁令身在『客路』的诗人乡思满怀。诗人将『日』与『春』视为美好的新生事物，同时用『生』字和『入』字加以修饰，以拟人的手法使它们拥有了人的意念和思想。表面上看，诗人无意说理，但却通过描写这时序、节令，流露出一种自然的理趣：『海日』在『残夜』初升，驱走了漫天黑暗；江边已经露出『春意』，必将赶走严冬。该联不仅写景逼真，而且揭示了人生哲理，充满了乐观向上的情绪，缔造出不容忽视的艺术效果，因此历来为人所称道。

尾联紧承上联而来，遥应首联，写诗人的淡淡乡思。海日东升，春意萌动，诗人放舟绿水之上，继续向青山之外驶去。这时，一群北归的大雁掠过晴空。诗人想起了『雁足传书』的故事，于是产生了『托雁传书』的想法。

全诗用笔自然、情感真切，是难得的佳作。

破山寺后禅院

常建

清晨入古寺，初日照高林。曲径通幽处，禅房花木深。山光悦鸟性①，潭影空人心。万籁此皆寂②，惟闻钟磬音。

【注释】

①悦：使之愉悦。②万籁：自然界的各种声响。

【赏析】

本诗写的是常建于清晨入古寺的所见、所闻、所感。诗人清晨入寺，但见旭日照耀着高高的山林。寺里有迂曲小径通向清幽之处，循径而行，到得层层花木掩映下的禅房。寺后青山沐浴着阳光，鸟儿自由自在地飞翔欢唱；在清潭中照见自己的影子，顿觉心中一片空明澄澈。

全诗着力烘托古寺内环境的清幽，旨在抒写作者所领悟的禅意。末联对于万籁俱寂，唯闻钟磬之音的描写，实应理解为一种定态，并非自然中真是寂静无声，而是耳中只闻佛音罢了。

寄左省杜拾遗①

岑参

联步趋丹陛②，分曹限紫微③。晓随天仗入，暮惹御香归。白发悲花落，青云羡鸟飞④。圣朝无阙事⑤，自觉谏书稀。

【注释】

①左省：唐代的门下省，因位于皇宫之左，故称『左省』。其时杜甫任『左拾遗』，属门下省。②趋：

小步而行。丹陛：宫殿前的红色台阶。③曹：官署。紫微：古人以紫微星位喻皇帝居处，此处指朝会时皇帝所在的宣政殿。中书省位于殿西，门下省位于殿东，故有『分曹』之语。④白发两句：实际上是写身在朝中虚度光阴而无所作为，繁文缛节的朝官生活让作者对自由飞翔于天际的鸟儿心生羡慕。⑤阙：同『缺』。

【赏析】

唐肃宗至德二年（757年），诗人由杜甫推荐而任右补阙。诗题中的『杜拾遗』，即杜甫。岑参与杜甫在唐肃宗至德二年至乾元元年初（757–758年）同仕于朝：岑任右补阙，属中书省，居右署；杜任左拾遗，属门下省，居左署，故称『左省』。岑、杜二人，既是同僚，又是诗友。本诗是岑赠杜之作，表露心迹，暗抒感慨，描写了谏议官左拾遗的官场生活。诗人自伤迟暮，无法尽力，规劝别人继续进取。全诗笔法隐晦，曲折地抒发了诗人内心之忧愤，辞藻艳丽，雍容华贵。

前两联写二人同时上朝景象，以『丹陛』『紫微』『天仗』『御香』渲染华贵环境。但揭开诗中这些华丽辞藻堆砌出来的『荣华显贵』的帷幕，我们不难看出朝官生活的真实情形：空虚、无聊、死板、老套。朝官们每天煞有介事、诚惶诚恐地小跑入朝廷，看似兴师动众，却办不了什么大事，唯一的收获就是沾染一点『御香』之气而『归』罢了。

颈联，诗人直抒胸臆向老友吐露内心悲愤。一个『悲』字概括了诗人对朝官生活的态度和感受。诗人为大好年华浪费于『晓随天仗入，暮惹御香归』的无聊生活而悲。因此，诗人低头见庭院落花而倍感神伤，抬头睹高空飞鸟而顿生羡慕。尾联是全诗的高潮。『圣朝无阙事』看似称颂，实为反语。只有那昏庸的统治者，才会自以为『无阙事』，拒绝纳谏，使身任『补阙』的诗人见『阙』不能『补』。一个『稀』字，反映出诗人对当时朝政的失望。

这首诗寓贬于褒，绵里藏针，用婉转的反语来抒发诗人内心忧愤，有寻思不尽之妙。

赠孟浩然

李白

吾爱孟夫子①，风流天下闻②。红颜弃轩冕，白首卧松云③。醉月频中圣④，迷花不事君。高山安可仰⑤，徒此揖清芬⑥。

【注释】

①夫子：对孟浩然的尊称。②风流：风雅潇洒。③红颜两句：言孟浩然少壮时便放弃仕途，老来更是隐居山林。红颜：年轻少壮。轩冕：古代官吏出行时的车轿伞盖。④频中圣：频频酒醉。⑤高山句：引《诗经》中的『高山仰止，景行行止』，表达对孟浩然的崇敬之情。⑥徒此：唯有在此。揖清芬：向孟浩然的高风雅致深施一礼。

【赏析】

本诗是李白游襄阳访孟浩然后所作。李白与孟浩然的友谊是诗坛上的一段佳话。风流潇洒的诗人性格，邈然超世的隐者之心，是两位诗人成为知交的根本原因，而这首诗就是他们二人友谊的见证。全诗推崇孟浩然风雅潇洒的品格。首联点题，抒发了对孟浩然的钦慕之情；二、三两联描绘了孟浩然摒弃官职，白首归隐，醉月中酒，迷花不仕的高雅形象；尾联直接抒情，把孟浩然的高雅比为高山巍峨峻拔，令人仰止。李白通过描写孟浩然不慕名利自甘淡泊的清高品格，表达了真挚的崇敬之情，也流露出自身对隐逸生活的向往。

首联点题，开门见山地表达了李白对孟浩然的钦敬仰慕之情。一个『爱』字为全诗奠定了基调，提纲挈领，总摄全诗。孟浩然比李白长十二岁，襟怀磊落，生性潇洒，诗才出众，李白仰慕不已，故以『夫子』相称。

中间两联集中笔墨刻画了这位儒雅悠闲的『孟夫子』形象。颔联的『红颜』对『白首』，概括了孟浩然漫长的人生旅程；『轩冕』对『松云』，分别象征着仕途与隐遁、富贵与淡泊。孟浩然宁弃仕途而取隐逸，弃达官之车马华服而取隐士之松风白云，可见其高风亮节。

颔联纵写孟浩然的生平，而颈联则横写他的隐居生活：皓月当空，他把酒临风，醉卧花丛之中，流连忘返。颔联用由反而正的写法，即由弃而取；颈联则自正及反，由隐居写到不事君。正反纵横，笔法灵活。

尾联直接抒情，充分展示了孟浩然自甘淡泊、不慕名利的品格。孟浩然是李白仰望的高山，但这座山太巍峨了，因而李白有了『安可仰』的感叹，只能在此向孟浩然纯洁芳馨的品格拜揖。以『高山』喻对方，使对方的形象更加生动。

全诗语言自然古朴，诗情如行云流水般舒卷自如，表现出李白的率真个性。同时，诗歌采用抒情——描写——抒情的方式，以一种舒展唱叹的语调，表达了李白深切的敬慕之情。

渡荆门送别①

李白

渡远荆门外，来从楚国游②。山随平野尽，江入大荒流③。月下飞天镜，云生结海楼④。仍怜故乡水，万里送行舟。

【注释】

①荆门：荆门山，在今湖北宜都西北，古时为楚蜀交界。②从：向。③大荒：广阔的田野。④海楼：海市蜃楼。

【赏析】

本诗是诗人出蜀东下所写的告别故乡的抒怀诗。开元十四年（726年），诗人满怀『仗剑去国，辞亲远游』的情怀离开蜀地东下。本诗就是在旅途中写的。从诗的内容上看，本诗应该是诗人在船里吟诵的，他与送行的人应该是同舟共发。本诗描写了诗人路过荆门时所见的两岸的瑰丽景色，表现了诗人壮阔的胸襟和奋发进取的精神。诗题中的荆门是山名，在今湖北宜都西北，在长江南岸，与北岸虎牙山相对。

首联两句说明了诗人远游的目的地——楚国。诗人从水路走，乘船过巴渝，经三峡，一路奔向荆门之外。他主要是想去楚国故地的湖北、湖南游历。当时，诗人坐在船上，一路上兴致勃勃地观赏着大江两岸高耸入云的崇山峻岭。

颔联写随着船的前行，诗人眼中景色的变化。当船行驶到荆门一带的时候，两岸的崇山峻岭突然不见了，取而代之的是一马平川的旷野平原。诗人一眼望去，江水奔涌，天地辽阔，诗人的视域顿时由狭窄变得开阔起来，心情也随之变得更加畅快。『江入大荒流』中的『入』字用得既贴切又极有分量。随着滚滚奔腾的江水，看着溅起的朵朵浪花，听着『哗哗』的流水声，诗人顿时焕发了青春的朝气。这两句的笔力可以和杜甫的『星垂平野阔，月涌大江流』相比，甚至可以看成是李白泛舟游历，杜甫停船细观。接着，诗人采用移步换景的手法，不再写山势与流水了，而写到了从不同角度观察到的长江的近景和远景。夜晚，江面好像从天上飞下来的一面镜子，可以从中看到月亮的影子。白天，云彩瑰丽、变幻无穷，生成海市蜃楼一样的奇异景色。诗人用云彩结成的海市蜃楼反衬天空的辽远、江堤的广阔，用水中的月亮衬托水面的平静，对比效果突出。

尾联写乡情。面对荆门附近的风光和流过家乡的江水，诗人突然开始思念家乡。但诗人不说自己思乡，而是用『故乡水流经万里为他送行』的别致写法，表达了自己的思乡之情。

全诗结构层次分明，波澜起伏；意象瑰丽，风格宏伟，意境高远。尤其是第二联两句诗，更是写得大气非凡，体现了诗人开阔的胸襟，历来为人称颂。

春望

杜甫

国破山河在①，城春草木深②。感时花溅泪，恨别鸟惊心。烽火连三月③，家书抵万金④。白头搔更短⑤，浑欲不胜簪⑥。

【注释】

①在：依旧。②草木深：指草木丛生。③烽火：战火。连三月：三月不断，指整个春天。④抵：值，相当。⑤白头：白发。⑥浑：简直。不胜簪：插不上发簪。

【赏析】

大乱之年，山河依然如故，国家却已是残破不堪，春来，被叛军焚掠过后的长安城杂草丛生、乱树幽深，一派凄凉景象。虽然也能见到春花，听到鸟鸣，但这一点美好的东西更是让作者感慨今昔巨变，他因见春花而泪洒花上，闻鸟鸣而动魄惊心了。

连月不灭的烽火，让家国支离破碎，让人们颠沛流离，家书一封是万金难换的，作者已然因国事而忧恨重重，又因惦念家人安危而寝食难安，陷入了无尽的愁烦与焦急当中。焦愁的他不停地搔弄着自己的白发，以至于白发短而又短，近来，连发簪也难以插牢。

天末怀李白

杜甫

凉风起天末①，君子意如何。鸿雁几时到②，江湖秋水多③。文章憎命达④，魑魅喜人过⑤。应共冤魂语⑥，投诗赠汨罗⑦。

【注释】

①天末：天边。②鸿雁：指书信。③秋水多：指路途艰难多险。④文章句：意谓文采出众的人总是命途多舛。⑤魑魅句：意谓鬼怪精灵则是喜人之过。实指李白受谗蒙冤流放之事。⑥冤魂：指屈原。⑦汨罗：汨罗江，屈原投水处，在今湖南湘阴。

【赏析】

诗人因为天边刮来凉风而惆怅。满腹的冤屈可以写成诗文投到汨罗江中，向那含冤而死，但是高洁一世的屈原诉说衷肠。

登岳阳楼　杜甫

昔闻洞庭水，今上岳阳楼。吴楚东南坼①，乾坤日夜浮。亲朋无一字，老病有孤舟。戎马关山北②，凭轩涕泗流③。

【注释】

①坼（chè）：分裂。②戎马：指战事。关山北：指北方边境。③凭轩：倚着窗户。涕泗：眼泪鼻涕。

【赏析】

从前只听说过洞庭湖水气象非凡，如今登上了岳阳楼观看，杜甫不由得被深深地震撼了。他为我们这样形容所看到的景象：浩瀚的洞庭湖水，在东南方分开了吴地与楚地的疆界，它洋洋于天地间，吞吐日月，整个宇宙好像日夜飘浮。

洞庭湖的宏奇伟丽，并不能舒展杜甫『亲朋无一字，老病有孤舟』的悲怀，但那一日，让他真正为之凭窗而流泪的，是那北方关塞仍然不休的战事，以及风雨飘摇的山河。

山居秋暝①　王维

空山新雨后，天气晚来秋。明月松间照，清泉石上流。竹喧归浣女，莲动下渔舟。随意春芳歇②，王孙自可留③。

【注释】

①秋暝：秋天的傍晚。②随意春芳歇：意谓春花要凋谢就凋谢吧。③王孙自可留：王孙可以在此居住。

《楚辞·招隐士》有『王孙游兮不归，春草生兮萋萋』和『王孙兮归来，山中兮不可久留』句，意思是说，既然春天已过，王孙就请归来吧，山中冷清，不可长久居住。本诗反用其意，抒发的是作者愿居山林而不愿返回喧嚣市朝的情怀。

【赏析】

空山新雨过后，秋凉渐渐透出，山林中一派爽洁之气。如水的月光倾泻松间，清清的泉流淌于石上。竹林间响起阵阵喧闹声，那是年轻的女子们浣纱归来；池塘中荷叶摇动，那是渔舟在顺水行走。这有如世外桃源一样的地方必要到尘世之外才能找到，《楚辞·招隐士》中说：王孙兮归来，山中兮不可久留。隐居山中的诗人却说：这里即使不是春天也非常美丽，王孙们可以留下吧。

归嵩山作

王维

清川带长薄[1]，车马去闲闲[2]。流水如有意，暮禽相与还[3]。荒城临古渡，落日满秋山。迢递嵩高下[4]，归来且闭关[5]。

【注释】

①薄：草木茂密的地方。②闲闲：从容的样子。③暮禽：日暮的归鸟。相与还：结伴而还。④迢递：遥远的样子。⑤闭关：闭门谢客。关：门。

【赏析】

本诗为诗人辞官归隐回嵩山途中所作，写出了诗人辞官归隐途中的所见所感。全诗清新淡雅，描写了嵩山下江野清冷萧条的暮色，抒发了诗人淡泊的情怀，也流露出诗人淡淡的感伤情绪。整首诗景的展开很有层次，前六句可以说是一句一景，一景一画，每句中都有一个主导的意象：清川、车马、流水、暮禽、荒城、落日，把整个画面生动地展现在读者面前。嵩山，即嵩高山，古时称中岳，因居五岳之中山势又高，因此被称为嵩高，位于河南省登封北。

首联写诗人归隐出发时的情景：清澈的河川环绕着一片长长的水草丰茂的沼泽地，诗人乘坐的车马从容不迫、缓缓前行。

颔联写水与鸟，其实是托物寄情，移情及物。诗人将『流水』和『暮禽』拟人化，写自己归山悠然自得之情，如流水归隐之心不改，如禽鸟至暮知还。『流水如有意』承『清川』，『暮禽相与还』承『长薄』，这两句又由『车马去闲闲』直接发展而来，承接自然。

颈联寓情于景，写荒城古渡，落日秋山。寥寥十字，四组景物：荒城、古渡、落日、秋山，构成一幅色彩鲜明的图画：荒凉的城池临靠着古老的渡口，落日的余晖洒满了萧飒的秋山。这是诗人归隐途中所见秋景，黯淡凄凉，正反映了诗人感情上的变化。

尾联写山之高，点明诗人的归隐地，并表明诗人归隐的宗旨。『迢递』是形容山高远的样子；『嵩高』，即嵩山，交代归隐的地点，照应诗题；『闭关』，不仅指关门，而且暗含闭门谢客之意，表明诗人要与世隔绝，不再过问世事的宗旨。

全诗层次整齐，情景并举，于景中寄寓深情。在诗人笔下，既有归山途中的美丽景色，也有隐约可见的诗人感情的细微变化：从安详从容，到凄凉悲苦，再到恬淡安适。诗人既表现了对辞官归隐的向往，也表现了对现实的愤激不平与无可奈何。

终南山

王维

太乙近天都①，连山到海隅②。白云回望合，青霭入看无③。分野中峰变④，阴晴众壑殊⑤。欲投人处宿，隔水问樵夫。

【注释】

①太乙：终南山主峰，也是终南山别名。天都：京都长安。②连山：连绵不断的山势。到海隅（yú）：延伸到海角。③霭（ǎi）：雾气。④分野：大地按星辰位置划分的范围。中峰：指太乙峰。⑤众壑：万千山谷。殊：不同。

【赏析】

这是一首咏叹终南山宏伟壮观的五言律诗。寥寥四十字，便将偌大一座终南山传神地刻画出来，足见诗人创作功底之深厚。本诗是山水诗名篇。诗人从不同角度描绘终南山的雄伟壮丽，笔墨豪雄中又有细腻，壮美中又有妩媚。全诗气势磅礴，境界阔大。终南山，在今陕西省西安市长安区南。

首联以夸张的语言写远景，极言山之高远，勾画出终南山的总轮廓。终南虽高，去天甚遥，诗人却说它『近天都』，是夸张，也有道理：诗人在远处遥望终南，终南的主峰『太乙』在诗人的视野里的确与天都连接，这显然是一种视觉上的真实。同时，终南山西起甘肃天水，东止河南陕县，远未到海隅，诗人却说它『接海隅』，固然也是夸张，然而从长安遥望终南，西不见头，东不见尾，确实有『接海隅』之势，虽夸张而愈见真实。

颔联写近景，写的是诗人身在山中的所见。诗人身在终南山中，朝前看，白云弥漫，看不见路，也看不见其他景物，仿佛再走几步，就可以浮游于白云之间；然而继续前进，白云依然可望而不可即；回头看，两边的白云又合拢成茫茫云海。诗人走出茫茫云海，前面又是蒙蒙青霭，仿佛继续前进，就可以摸着那青霭了；然而走了进去，却看不见了；回头看，那青霭又合拢来，蒙蒙漫漫。这两句，诗人用细致的笔法铺叙云气变幻，移步变形，极富含蕴。

颈联进一步写诗人从山北遥望所见的景象：山之南北辽阔和岩石沟壑的形态。诗人立足『中峰』，纵目四望，收全景于眼底，见南北辽阔，千岩万壑，千姿百态。

末联写，诗人为了入山穷胜，想投宿山中人家，便有了『隔水问樵夫』句。诗人既到『中峰』，这里的『水』可能是指深沟大涧。这两句中，人物的出现使全诗更加生意盎然。

总的看来，这首诗的主要特点和优点在于以个别显示一般，以不全求全，从而使诗歌产生了『以少总多』『意余于象』的艺术效果。

酬张少府①

王维

晚年惟好静，万事不关心。自顾无长策②，空知返旧林③。松风吹解带④，山月照弹琴。君问穷通理⑤，渔歌入浦深。

【注释】

①酬：以诗酬答。②自顾：自念。长策：超人的本领。③空：徒然。④解带：解带敞怀。⑤穷通理：困顿与发达的道理。

【赏析】

本诗为诗人晚年之作，描写诗人晚年安静闲适的生活，表现诗人超然物外的情绪。这首诗的基调和诗人晚年获罪被贬职有关，因此情绪消沉，也是诗人受佛教思想影响所致。诗题中的张少府生平不详。少府，官名，县尉。

诗的开头四句全是写情，曲折地表达了诗人无法实现抱负的苦闷之情。诗人开篇便说自己老了，只喜欢清静，不关心任何事情了。表面上看起来是对什么事都漠不关心了，但仔细品味之后不难发现诗人也是无可奈何。他此时虽然在朝为官，但对朝政已经不再抱有幻想，于是开始过起了半隐居的生活，『晚年惟好静，万事不关心』，正是他晚年生活的真实写照。『自顾无长策』，则体现了他曾经的矛盾和痛苦。诗人表面上说自己没有才德，实际上是满腹牢骚。当理想无法实现、痛苦不得化解时，诗人唯一的出路就是离开是非之地，归隐田园。『空知返旧林』，看似得到解脱，实际上只是无奈之举。由此可以看出，在诗人宁静淡泊的外表之下隐藏着失落和愤慨。

既然如此，诗人接下来为何还表现出对闲暇生活的满足和肯定呢？联系上文我们可以体会到，『松风吹解带，山月照弹琴』的归隐生活实际上只是诗人在苦闷之中追求精神解脱的一种表现。这种表现既体现出诗人某种程度上的宁静闲适，又通过与官场生活的对比来表现诗人对黑暗官场的否定和批判。挣脱政治的束缚，诗人于山中明月下弹琴自娱，说他不敢直面现实也好，自我放逐也好，但总胜于助纣为虐、同流合污。诗句通过描写诗人隐居生活中的两个细节，将松风、山月赋予人情，勾勒出一幅情景交融、意境和谐的画面，极大地增强了诗的感染力，体现了诗人极高的写作技巧。

最后两句点题，以问答的形式作结，既照应了题目中的『酬』字，又妙在以不答作答，含蓄不尽，余韵悠然。多少幽趣，都回荡在那阵阵的渔歌声中。

过香积寺①

王维

不知香积寺，数里入云峰。古木无人径②，深山何处钟。泉声咽危石③，日色冷青松④。薄暮空潭曲⑤，安禅制毒龙⑥。

【注释】

①香积寺：长安城外寺名，故址在今陕西长安南。②无人径：人迹罕至的林间小径。③咽危石：形容山石嶙峋，泉水于其间不能畅快流淌。④冷青松：谓夕阳西下，青松的颜色也因之暗淡下来。⑤薄暮：黄昏。⑥安禅：安然进入禅境。毒龙：喻机心妄念。

【赏析】

作者曾闻香积寺之名，却不知其究竟在山中何处，此诗写他偶然路过其处时向山中探访寺院的情景。山行数里，深入云峰，古木森森，小路幽静。山林深处传来悠远的钟声，泉流呜咽在嶙峋的山石下，日光因为照在青松之上而显得清冷。日暮时分，作者来到一方清澈无物的水潭旁，不由得联想起西方高僧以佛法制服水中毒龙的传说。诗文通篇未写寺院风光，然而所咏寺外幽景，正体现着香积寺不同寻常的氛围，『薄暮空潭曲，安禅制毒龙』一联隐含修禅可净除邪恶之意，将禅寺宗旨延展开来。

临洞庭上张丞相

孟浩然

八月湖水平①，涵虚混太清②。气蒸云梦泽③，波撼岳阳城。欲济无舟楫④，端居耻圣明⑤。坐观垂钓者，徒有羡鱼情⑥。

【注释】

①湖水平：湖水涨得饱满。②涵虚：水气浩渺的样子。太清：天空。③云梦泽：古大泽名，包括今湖南湖北两省的部分。④济：渡。舟楫：船只。⑤端居：闲居。耻圣明：有愧于此圣朝明世。⑥坐观两句：这两句是作者将『临渊羡鱼，不如退而结网』的古语另番新意。

【赏析】

这首诗从大处落笔，通过浩瀚的湖水、蒸腾的水汽、澎湃的波涛等景色，表现洞庭湖的水天一色、汪洋壮阔。全诗气势磅礴，格调雄浑。诗题中的张丞相指张九龄。

这是一首干谒诗。所谓『干谒』，即是向达官贵人呈献诗文，以求引荐录用。玄宗开元二十一年(733年)，孟浩然西游长安，将本诗献于当时的丞相张九龄，以求录用。全诗颂对方，而不过分；乞录用，而不自贬，不亢不卑，十分得体。

诗的前两联写洞庭湖波澜壮阔、气势雄伟的景象，象征开元的清明政治。首联写洞庭湖的汪洋浩瀚，水天相接，容纳百川。颔联写洞庭湖的水汽和烟波，烟波浩渺，润泽万物。而『波撼』两字放在『岳阳城』上，衬托出湖水的澎湃有力。在湖波的激荡下，湖滨的岳阳城也变得不安起来。诗人笔下的洞庭湖不仅广阔，而且充满活力。

后两联即景生情，抒发诗人进身无路、闲居无聊的苦衷，表达出诗人急于出仕的决心。颈联是诗人向张丞相表明心事，说明自己欲仕无门：诗人面对浩渺湖水，想到自己还是在野之身，无人引荐，正如渡湖人没有船只一样。在这个『圣明』的太平盛世，诗人闲居无事，碌碌无为，感到非常羞耻，立志要做出一番事业来。之后，诗人在尾联发出呼吁。『垂钓者』暗指当朝执政的人物，其实是指张丞相。尾联的意思是：张大人，我非常钦佩您能出来主持国政，可惜我只是一介平民，不能追随您左右，为您效劳，只能在此徒然地表达对您的钦慕之情。诗人巧妙运用『临渊羡鱼，不如退而结网』的古语，另番新意，表达倾慕之情；而且，『垂钓』正好同『湖水』照应，不露痕迹。但只要仔细品味，读者很容易就能体会出诗人希望得到引荐的心情。全诗写景气象宏大，波澜壮阔；抒情不露痕迹，实乃妙作。

与诸子登岘山①

孟浩然

人事有代谢②，往来成古今。江山留胜迹③，我辈复登临。水落鱼梁浅④，天寒梦泽深⑤。羊公碑尚在，读罢泪沾襟。

【注释】

①岘山：又名岘首山，在今湖北襄阳南。②代谢：交替，变换。③胜迹：名胜古迹。④鱼梁：鱼梁洲，

位于襄阳。⑤梦泽：即云梦泽。

【赏析】

这是一首吊古伤今、览古抒怀的诗。据《晋书·羊祜传》记载，羊祜镇守荆襄时，常到此山置酒言咏，他曾对同游者喟然叹说：『自有宇宙，便有此山，由来贤达胜士，登此远望如我与卿者多矣，皆湮灭无闻，使人悲伤！』羊祜生前政绩斐然，死后，襄阳百姓在岘山为他建碑立庙。诗人求仕不遇，心情苦闷。他登上岘首山，看到羊公碑，想到羊祜当年说过的『登此山者多矣，皆湮灭无闻』的话，对照自己空有抱负不得施展的处境，触景生情，泪下沾襟，吊古伤今，感慨颇多，便写下本诗。全诗情景交融，抒写了诗人有志难伸的悲愤和哀伤。诗题中的岘山在今湖北襄阳南。

首联，诗人凭空落笔，似不着题，却点出一个平凡的真理，引出感慨：人间事物总是在不停变化，朝代的更替，家族的兴衰，人的生老病死、悲欢离合；寒来暑往，春去秋来，时光流逝，不分古今。

颔联紧承上联。『江山留胜迹』承『古』，『我辈复登临』承『今』。诗人的伤感情绪便是来自今日的登临。

颈联写诗人登山之所见。诗人登山远望，水落石出，草木凋零，一片萧瑟。由于『水落』，鱼梁洲更多地呈露出水面，故称『浅』；辽阔的水泽之地，一望无际，故称『深』。诗人抓住了当时当地特有的景物，既表现出时序，又烘托了自身伤感的心情。

尾联抒发感慨。一个『尚』字，包含了非常复杂的内容。诗人想到四百多年前的羊祜：他为国效力，为民谋福，所以名垂千古，与山俱传；而自己至今仍为『布衣』，无所作为，死后难免湮没无闻。这二者鲜明的对比，令人伤感，诗人不禁潸然泪下。

从内容上看，本诗的前两联是『说理』，后两联又转为『写景』，描写形象生动，暗含了诗人深厚的感情。因而，本诗依然是『诗人之诗』而非『哲人之诗』。从语言上看，本诗语言通俗易懂，感情真挚，语淡意浓，富有情趣。

宴梅道士山房①

孟浩然

林卧愁春尽②，褰帷览物华③。忽逢青鸟使④，邀入赤松家⑤。金灶初开火⑥，仙桃正发花。童颜若可驻⑦，何惜醉流霞⑧。

【注释】

①山房：指道士的房舍。②林卧：林中闲卧。③褰（qiān）帷：撩起帐帷。物华：美好的景物。④青鸟使：传说中的神鸟，西王母的使者。此处喻道士遣人前来。⑤赤松家：指梅道士之家。赤松：赤松子，传说中的仙人。⑥金灶：道家的炼丹炉。⑦驻：驻留。⑧流霞：传说中的仙酒。

【赏析】

诗人正愁春去，忽逢梅道士派使童邀他前去做客，于是转忧为喜，心中畅快了许多。及至道家，但见金灶初开炉火，仙桃正在发花，真是别有天地，无半分尘俗气息，不禁为之心驰神醉。既然道士之仙术能使春天驻留，是否也可以让人永葆童颜呢？想到此处，作者襟怀尽展，不辞一醉，愿与道人共赴陶然忘忧之乡。

岁暮归南山

孟浩然

北阙休上书①，南山归敝庐②。不才明主弃，多病故人疏③。白发催年老，青阳逼岁除④。永怀愁不寐⑤，松月夜窗虚。

【注释】

①北阙：指朝廷奏事处。②敝庐：破旧的居所。③故人疏：老朋友因之而疏远。④青阳：春天。⑤永怀：郁于胸怀而不去。

【赏析】

仕途失意以后，孟浩然只好重新归隐南山。他在诗文中心情沉重地说：『我的才学不够，所以受到圣明君主的弃用；因为身体多有疾病，亲朋好友也都渐渐地和我疏远了。』头上有了白发，就更觉得年老的速度在加快；春天回归人间的时候，就意味着这一年即将走到终点。老大无成的诗人用『催』和『逼』形容时光的流逝，足见他心中的不甘和无奈。愁绪满怀，诗人夜不能寐，窗间松影月光虚迷一片，衬托着他惆怅落寞的心情。

过故人庄

孟浩然

故人具鸡黍①，邀我至田家。绿树村边合②，青山郭外斜。开轩面场圃③，把酒话桑麻。待到重阳日④，还来就菊花⑤。

【注释】

①具：准备。鸡黍：农家丰盛的饭菜。黍（shǔ）：黄米饭。②合：环绕。③轩：窗户。场圃：打谷场和菜圃。④重阳日：阴历九月初九重阳节，古人有登高饮菊花酒的习俗。⑤就：赴。

【赏析】

本诗为田园诗名篇，写诗人应友人之邀来到田家小饮的生活情景，既描绘出了一幅闲适恬静的乡村图画，又表现出诗人情趣的高雅和朋友间友情的淳朴。全诗朴实无华，清新隽永，自然流畅。

首联，诗人平铺直叙，用极其朴素的文字，写了友人的热情相邀。友人以『鸡黍』相邀，既显田家之风味，又见待客之简朴。这种不讲虚礼和排场的招待，往往更容易打开彼此心扉。这个开头，不甚着力，奠定了全诗平静自然的基调。

颔联写乡村的自然风光。诗人先画近景，『合』字足见树木之多；再绘远景，『斜』字足见青山之远。诗人走进村里，顾盼之间全是清新的美景：绿树层层环抱的村庄坐落平畴而又遥接青山，清淡幽静。此处只写绿树青山，却能让人看见更广阔的天地。

颈联写朋友间的开怀畅饮。『场圃』『话桑麻』流露出浓浓的乡土气息。正是因为处于『故人庄』这样的环境中，所以宾主打开轩窗，临窗举杯，『把酒话桑麻』。『开轩』也似乎是不经意写入诗的，但有了颔联两句对村庄外景的描绘作铺垫，也就毫不突兀。诗人与友人坐在屋里，饮酒交谈，打开轩窗，轩窗前的一片打谷场和菜圃映入眼帘，令人心旷神怡。绿树、青山、村舍、菜圃、桑麻，一幅优美宁静的田园图出现在读者面前。本联只写把酒闲话，却能反映出自然环境与诗人心情的契合，表现出人的惬意。

尾联，诗人因为被这种农家生活深深吸引，率真地表示待到重阳日，还来赏菊痛饮。淡淡两句，故人款待的热情，诗人做客的欢愉，两人相处的融洽，跃然纸上。诗人写重阳再来，自然流露出了对村庄和故人的恋恋不舍，从侧面烘托出乡村生活的美好。

一个普通的农庄，一次并不十分丰盛的招待，在诗人的笔下竟被渲染得如此诗情画意。本诗描写的都是眼前的景物，使用的是近乎直白的语言，叙述的层次也完全是顺其自然，表达的情感也是淡淡的，却达到了形式与内容的高度一致。全诗恬淡亲切而不肤浅枯燥，平淡之中见深情。

秦中寄远上人①

孟浩然

一丘常欲卧②，三径苦无资③。北土非吾愿④，东林怀我师⑤。黄金燃桂尽⑥，壮志逐年衰。日夕凉风至，闻蝉但益悲⑦。

【注释】

①秦中：指京都长安。远上人：名远的僧人。上人：对僧人的尊称。②丘：小山。③三径：指隐居的家园。王莽专权时，蒋诩辞官回乡，在院中开辟了三条小径，只与友人求仲、羊仲往来。④北土：指京都长安，此处代求仕做官。⑤东林：指远上人所在的寺庙。⑥燃桂：谓烧柴像烧桂枝一样贵，喻长安的生活费高昂。⑦但：只。益：愈加。

【赏析】

本诗是孟浩然滞留长安寄给远上人的诗。从这首诗的内容看，当为孟浩然在长安落第之后的作品。诗中充满了失意、悲哀与追求归隐的情绪，是一首坦率的抒情诗。诗题中的秦中在这里指京城长安一带。上人是对僧人的称呼。

首联从正面写『所欲』。诗人的所欲，本为隐逸，但诗中不用隐逸而用『一丘』『三径』的典故。『一丘』颇具山野形象，『三径』自有园林风光。诗人用形象表明隐逸思想，是颇为自然的。然而『苦无资』三字却又和『所欲』发生了矛盾，透露出诗人穷困潦倒的景况。

颔联『北土非吾愿』从反面写『不欲』。『北土』指『秦中』，亦即京城长安，是士子追求功名之地。此句表明了诗人不愿做官的思想。因而，诗人身在长安，不由怀念起庐山东林寺的高僧来了。『东林怀我师』是虚写，诗人用一个『怀』字，表明了对『我师』的尊敬与爱戴，暗示诗人追求隐逸的思想，并紧扣诗题中的『寄远上人』。这两句诗正反相对，以『北土』对『东林』，以『非吾愿』对『怀我师』，可谓珠联璧合、相得益彰，也更能表达诗人的所思所想。

颈联描绘了诗人滞留长安时的处境和遭遇。『黄金燃桂尽』，表明他花完了旅费，已经陷入穷困潦倒的局面；『壮志逐年衰』，则体现出他心灰意冷的情绪。这两句对偶自然流畅，读来朗朗上口。

尾联写『凉风』『蝉鸣』。诗人描写这些秋天的景物，恰好扣住题目的『感秋』。秋风萧瑟，蝉鸣声声，令人容易心生伤感。况且当时诗人身在长安，旅资耗尽，做官无门，面对这样的景色，怎能不『益悲』呢？

许多诗人在写诗的时候，往往借物抒情，很少直接抒情。因为感情过于抽象，难于直接抒发。本诗却一反常法，诗人通过『苦无资』『非吾愿』『怀我师』『益悲』等满怀感情的语句直写心中的忧郁和愁绪。这种白描的手法使感情表达更为直接，令人感到一种扑面而来的悲伤，也因此更能打动人心。

秋日登吴公台上寺远眺①

刘长卿

古台摇落后②，秋入望乡心。野寺来人少，云峰隔水深。夕阳依旧垒③，寒磬满空林。惆怅南朝事④，长江独自今。

【注释】

①吴公台：扬州府城北，刘宋沈庆所筑弩台，陈将吴明彻增筑，故名。②摇落：零落。③旧垒：指吴公台。④南朝：指在金陵（今南京）建都的宋、齐、梁、陈四朝。

【赏析】

本诗是诗人旅居扬州，秋日登吴公台写下的吊古咏怀诗。

首联写诗人观吴公台引发的感慨，即景生情。古台在风雨的多年侵袭下已有颓圮的倾向，丛生的草木也在秋日纷纷凋零，这样的景象不由使身在他乡的诗人怀念起故乡。颔联写古迹所在之地已非往昔般繁华喧闹，成为少有游人、封闭于野地间的残台。上句，诗人写近在眼前的古台，后句，诗人将视线拉远，遥望那远远的山峦。颈联，诗人以夕阳衬旧垒，以寒磬衬空林，将旧日辉煌的场所如今的凄凉景象展现得淋漓尽致。尾联写江山依旧，人物不同。古台依旧，青山依旧，钟磬依旧，而那时的英豪早已不在，唯有秋日夕阳里滚滚的长江水不停歇地奔涌。『独自今』三字，悲凉慷慨，道出诗的神韵。有人认为，最后两句有『大江东去，浪淘尽，千古风流人物』之气韵。

全诗抚今追昔，写景寄情，感情深沉。诗中，诗人所闻所见的秋声、古台、野寺、夕阳、故垒、寒磬、空林都和诗人一样满怀惆怅，而独有长江水依然滚滚东流，把历史的烟云淘尽。诗的神韵尽在不言中。

送李中丞归汉阳别业①

刘长卿

流落征南将，曾驱十万师。罢归无旧业②，老去恋明时③。独立三边静④，轻生一剑知⑤。茫茫江汉上，日暮欲何之⑥。

【注释】

①中丞：御史中丞。别业：别墅。②罢归：罢官而归。无旧业：意谓家乡没有产业。③明时：清明的时代。④三边：幽、并、凉三州，此处泛指边疆地带。⑤轻生：不畏死亡。⑥何之：去向何处。

【赏析】

这是一首送别诗。从诗意上看，李中丞是一位曾经为国家立下赫赫战功的将军，他曾经率领十万之众南征，为报效国家不惜殒身损命，也曾独镇北土，使得三边安定无事。然而就是这样一位功勋卓著的老将军，一朝得罪权奸，便遭到罢免，从此孤身飘零于江湖，并无家产旧业以为养老之资，茫茫然不知该往何处。本诗回顾了李将军当年的雄风，热情地讴歌了他英勇无畏、舍身为国的英雄气概，对将军晚年罢官漂泊的遭遇寄予了无限同情和关切，蕴含着对朝廷小人当道，功臣无所归依的深深愤慨和不平。

送僧归日本

钱起

上国随缘住①，来途若梦行。浮天沧海远②，去世法舟轻③。水月通禅寂，鱼龙听梵声。惟怜一灯影，万里眼中明。

【注释】

①上国：此指大唐。②浮天：形容船只远去海上，如浮于天际。③去世：脱离尘世。法舟：指日本僧人所乘之舟。

【赏析】

这是一首写给来大唐旅行、学习的日本僧人的送别诗。诗虽然是写送别，却都是以佛语说出，融浸着丝丝禅意。比如说僧人前来大唐是因『缘』而来，归去时则是乘『法舟』而去。其中的『轻』字，还隐隐蕴含了已然得道的意味，因为『身轻』与『心轻』，是佛家修炼的一大境界。诗中更是对僧人乘舟海上的情景做了大胆的想象，说他于水月之间参禅，又为海中鱼龙传道，可谓饱含颂扬之情。末联中的『一灯影』，既指舟灯，又指禅灯，既表达作者对友人的关切，又由禅语点化而来，一语双关，深见作者苦心。

淮上喜会梁川故人

韦应物

江汉曾为客[1]，相逢每醉还。浮云一别后，流水十年间。欢笑情如旧，萧疏鬓已斑[2]。何因不归去？淮上有秋山。

【注释】

①江汉：即汉江。②萧疏：稀疏。斑：斑白。

【赏析】

本诗写了诗人与久别十年的梁州故人，不经意之间在淮上（今江苏淮阴一带）重逢的喜悦，抒发了人世沧桑、青春不再的感慨。诗题虽写『喜会』故人，但诗歌中表现的却是『此日相逢思旧日，一杯成喜亦成悲』的悲喜交集的复杂情绪。诗如行云流水，韵致悠远。

首联，诗人回忆了与故人曾经共饮的美好时光，以及两人之间的情谊。诗人回忆往日每每出游宴饮必定扶醉而归的场景，心中一定是充满甜蜜和慰藉的。然而把过去的美好与相别后的时光对比，诗人不由黯然，生发出岁月不饶人的感慨。

颔联直接抒写阔别十年的感慨。『浮云』原本就有无定感，飘浮在空中，没有方向。『流水』不为世人情感停留，常常在诗中作为无情的象征。诗中『浮云』『流水』不是写实，都是虚拟的景物，借以抒发诗人的主观感情，表现一别十年的感伤。『一别』与『十年』形成鲜明对照，也有一种世事沧桑感。此句选用了常见的意象，以流水对的方式，表现出了人生无定、时光飞驰、岁月蹉跎。此联境界空灵，意蕴悠长。

颈联点题，写了相逢时刻的『欢笑』。久别重逢，的确令人欣喜。诗人和故人还是像往日一样开怀畅饮，把酒言欢，然而这欣喜，只能说是暂时的，里面包含着无尽的辛酸，所以诗人又写道：『萧疏鬓已斑。』十年里四海为家，两人都已经鬓发斑斑，青春不再。诗人描绘了两人的衰老之态，不言悲而悲情表露无遗，无数悲伤、感叹尽在不言之中。该联一喜一悲，笔法多样；一正一反，对比强烈。

尾联笔锋一转，诗人反诘，为什么还不归去呢？答案是『淮上有秋山』。秋色中，满山红树，令人流连忘返。这个答案表达了诗人携友同游的愿望，似乎回答了『何因不归去』的问题，但又好像什么都没回答。

阙题

刘眘虚

道由白云尽①，春与青溪长。时有落花至，远随流水香。闲门向山路，深柳读书堂。幽映每白日，清辉照衣裳。

【注释】

①道由句：指山路起自于白云尽处。

【赏析】

本诗原本有题名后不知何故失落了，因而唐代殷璠在《河岳英灵集》中收录这首诗时只得以『阙题』来命名。阙题，即缺题，『阙』同『缺』，指题目原缺。诗歌描写了深山中的一栋别墅及周围幽深静寂的环境。首联的『道由白云尽』指出通往隐舍的路是由云深尽头蜿蜒而出，可见地势之高峻。诗以此开头，便省略了关于爬山的大段文字，避免了情节的拖沓，同时也暗示诗人正走在通往别墅的路上，离别墅已经很近了。颔联紧接上文，进一步勾勒青溪和春色，透露了诗人的喜悦之情。颈联粗略介绍隐舍。诗人沿途观景而来，终于得以见到隐舍。由门是往山路方向而设可见，隐舍主人极爱深山之隐蔽清幽，故而隐舍的门就成了『闲门』。诗人缓步前行，推开院门，便发现藏匿在院内柳影丛中的读书堂。原来这位主人是在山中一心一意钻研学问的读书人。尾联只就别墅之光影描写。虽然是发生在白天的事，却因隐舍置身深山老林，所以只偶有清幽光芒片片洒落在诗人衣上。全诗至此戛然而止，似意犹未尽，又留下思索的空间，更添韵味。

江乡故人偶集客舍

戴叔伦

天秋月又满，城阙夜千重①。还作江南会②，翻疑梦里逢③。风枝惊暗鹊，露草泣寒蛩④。羁旅长堪醉⑤，相留畏晓钟。

【注释】

①城阙：指京城长安的宫城。千重：形容宫城的千重门户。②江南会：指其时与江南故人会集于客舍。③翻：反而。④寒蛩：秋虫。⑤羁（jī）旅：客居他乡。

【赏析】

『他乡遇故人』是古人认为人生的四大喜事之一，何况是偶遇，其惊喜和兴奋可想而知，怪不得诗人说是『翻疑梦里逢』。欣喜之余，彼此叙起异乡作客的孤凄，心中又不由得沉重起来，『风枝』二句，正是烘托羁旅之人此时心境的惝恍与不安。诗人欲与友人们一醉方休，一则慰藉因漫长羁旅而销得憔悴不堪的心，二则尽享这可遇而不可求的相聚之夜。无奈把酒夜谈固然惬意，但终会因晓钟鸣响而告结束，友人们也会就此作别。想到此处，诗人虽然更劝友人们再尽一觞，心中却暗念着晓钟不要鸣响。

送李端

卢纶

故关衰草遍①，离别正堪悲。路出寒云外，人归暮雪时。少孤为客早②，多难识君迟。掩泣空相向，风尘何所期③。

【注释】

①故关：旧关。②少孤：指自己从小丧父。为客早：意谓从很早的时候便开始了漂泊的生活。③风尘：纷乱的世道。何所期：不知后会何期。

【赏析】

本诗是送别名篇，抒发了诗人与友人离别时难舍难分的深情。

首联写了送别时边关路上凄凉荒寒的场景：颓圮的边关，在一片连天的衰草中孤零零地矗立着；寒风劲吹，吹不散天上仿佛冻硬的云朵；一条曲折的土路延伸到天边，在衰草与冻云交界的地方隐去不见，仿佛延伸到了云外。荒野苍茫，暮雪纷飞，此时诗人一人独行更觉孤寂。颈联，诗人开始自述身世。诗人追忆起少年时漂泊他乡，遭遇动乱，几经磨折，直到遇到这个友人，心灵上才有了依靠。友人对于诗人来说，是乱世中最珍贵的礼物。尾联写诗人在旷野上送别友人，沐雪独归，回忆往事之后，遥望远方，独自挥泪，盼望相聚的场景。全诗用白描手法绘景抒情，语言清新，情致哀切，动人心魄，令人回味无穷。

喜见外弟又言别①

李益

十年离乱后②，长大一相逢。问姓惊初见，称名忆旧容。别来沧海事，语罢暮天钟。明日巴陵道③，秋山又几重。

【注释】

①外弟：表弟。②十年离乱：指安史之乱。③巴陵：今湖南省岳阳市，即诗中外弟将去的地方。

【赏析】

先问到姓氏，心中已在惊疑，待说出名字，这才想起旧时容貌，不禁化惊为喜。他们原是表兄弟，因为战乱十年不曾见面，彼此脑海中对对方的印象依旧是十年之前的，故而相见时对于沧桑巨变、事殊人异的感慨是颇深的。兄弟二人互相诉说着十年以来彼此的经历，谈论着故旧亲人的情况，等到语毕，已然是暮钟响起。在这短暂的相逢之后，表弟明日又将踏上前往巴陵的路途，可能又是一个十年的分别，兄弟间又会重新面临一段阻隔，如那层层的秋山，不能知其远近，这不免让作者黯然神伤。

云阳馆与韩绅宿别①

司空曙

故人江海别，几度隔山川。乍见翻疑梦②，相悲各问年③。孤灯寒照雨，深竹暗浮烟。更有明朝恨④，离杯惜共传⑤。

【注释】

①宿别：同宿后又分别。②乍见：突然相见。翻：反而。③各问年：由于别后相隔时间太长，故相见后互问年龄。④明朝恨：明日再次离别之恨。⑤共传：相互举杯。

【赏析】

与老朋友韩绅重逢在云阳馆，诗人惊慨万分。慨是感慨与故人江海相别后，久久为山水阻隔，相会不易。惊是惊疑在这里突然重逢，好像是做梦一样。他们百感交集地相互询问着年龄，寒夜里，孤灯暗淡的光线映照着蒙蒙夜雨，馆外竹林深处，似浮动着淡淡的烟云。

今日重逢，但明天又要分别，两位朋友恋恋不舍，只有互道珍重，举杯劝饮，聊慰今宵。

蜀先主庙

刘禹锡

天地英雄气，千秋尚凛然。势分三足鼎，业复五铢钱①。得相能开国，生儿不象贤②。凄凉蜀故伎，来舞魏宫前③。

【注释】

①业复句：王莽篡汉后曾废汉币五铢钱，至光武帝时得以恢复。这里指匡复汉室。②儿：指刘禅。③凄凉两句：蜀汉降魏后，刘禅迁至洛阳，被封为安乐公。一天，魏太尉司马昭宴请他，让蜀国女乐在他面前歌舞，以看他的反应，当时蜀国旧臣都感伤不已，只有刘禅嬉笑自若。

【赏析】

诗人来到先主庙凭吊，不由得追怀起刘备一生的卓著功业和英雄气概，称赞他英气长存，一度鼎足而分天下，匡复了衰微的汉室。只是刘备虽然在贤相诸葛亮的帮助下得以开国，无奈儿子刘禅却不能继承发扬事业，最终落得国灭身俘。从前蜀国的歌女舞伎，也被迁往魏宫，满怀凄凉地表演歌舞。诗人写下此诗垂诫世人，其中也包含着对盛世不常、英雄难觅的深深叹惋。

没蕃故人

张籍

前年伐月支①，城下没全师②。蕃汉断消息，死生长别离。无人收废帐③，归马识残旗。欲祭疑

君在，天涯哭此时。

【注释】

①伐：指出征。月支：西域国名，此代吐蕃。②没：覆没。全师：全军。③废帐：遗弃的帐篷。

【赏析】

本诗是诗人为怀念一位存亡未卜的出征友人而作的。这首诗描写了战争的残酷，充分地抒写了诗人对友人的情谊，真挚感人。

『前年伐月支，城下没全师』两句，点明在前年的一次战斗中，唐军全军覆灭。『蕃汉断消息，死生长别离』两句，是说从此以后蕃汉断绝了往来，消息无法传递，因此，诗人无法确切得知自己友人的生死。战争是残酷的，诗人不用亲眼望见也可以想见，战争过后，战场满目疮痍的惨状。空荡无人的营帐，倒地残破的军旗和失去主人的『归马』组合在一起，将战后的凄凉景象展露无遗。尾联『欲祭疑君在』一句，是诗人的内心活动。诗人深深思念他的友人，理智上明白他必死无疑，因此想奠祭他；但感情上又不愿接受，内心还残存一线希望，希望友人还活着。

草

白居易

离离原上草①，一岁一枯荣。野火烧不尽，春风吹又生。远芳侵古道，晴翠接荒城②。又送王孙去③，萋萋满别情④。

【注释】

①离离：形容草长得茂盛。②晴翠：指阳光下草色翠绿鲜亮。③王孙：游子。《楚辞·招隐士》有『王孙游兮不归，春草生兮萋萋』。④萋萋：茂盛的样子。

【赏析】

繁荣茂盛的原上小草，蓬勃生长。它们年年都要经历一枯一荣，纵使被野火烧成一片灰烬，春风再来的时候，依然会长出芽叶，绿满大地。芳草蔓延向远方，侵入古老的道路，晴天的时候，翠绿闪光的草色连接着荒凉的城墙。那一天，诗人踏着草原又送走了一位朋友，望着萋萋芳草，胸中充满了离情别绪。